KB252832

터스크

터스크

레이 네일러
소설

김항나 옮김

위즈덤하우스

안야와 리디아에게

차례

1

　다미라Damira는 핏자국을 따라 언덕 아래로 내려갔다. 언덕은 융숭으로 축축해져서 부드러웠다. 잔디 잎 사이를 비추는 햇빛이 개울 표면에 반사되었다. 다미라는 얼기설기 얽힌 연한 뿌리들 바로 위에 층을 이루어 쌓인 땅을 몇 센티미터씩 꾹꾹 눌러가며 발걸음을 옮겼다.

　길에 묻은 피가 제대로 보이지는 않았지만, 그 냄새는 확실히 맡을 수 있었다. 기다란 트렁크로 입천장에 있는 야콥슨 기관*을 건드리며 코욘이라고 부르던 매머드를 떠올렸다. 낮을 가리고 느릿느릿하게 움직이던 코욘의 오른쪽 귀는 너덜너덜했고 털이 덥수룩한 얼굴은 슬픔에

---

* 척추동물의 비강(鼻腔) 일부가 좌우로 부풀어 생긴 한 쌍의 주머니 모양의 후각 기관.

잠겨 있었다.

그는 어두운 흙빛 눈동자를 가진 다른 매머드들과는 달리 호박색 눈동자를 갖고 있었다. 그 아름답고 영혼 가득한 두 눈 위로는 기다란 속눈썹이 드리워져 있었다. 다미라는 이태 전 여름, 매머드들이 코욘을 무리에서 떼어내던 때를 떠올렸다. 코욘은 몇 주 동안이나 저 멀리서 무리를 따라다녔다. 무리 중 누구라도 뒤를 돌아보기를 기다렸다가 자기 엄마나 친족들이 남긴 냄새를 따라 트렁크를 구부리며 간절하면서도 필사적으로 울음소리를 냈다. 다미라는 결국 언제 코욘이 방향을 틀어 사라졌는지 보지 못했다. 사실 코욘이 있는 쪽을 쳐다보지 않으려고 노력했다. 그럴수록 코욘을 떼어놓은 슬픔만 오래갈 뿐이었기 때문이다. 수컷 매머드들은 청소년기가 되면 무리에서 떨어져 나가 홀로 살아남는 것이 그들만의 성장 과정이다. 그렇게 수컷 매머드들은 스스로 떠돌아다니거나, 우두머리 암컷에게 내쳐지고 들이받혀 무리에서 떨어져 나가 외로운 성년 생활을 해야 했다.

다음 해 여름에 다미라는 수컷 매머드 중 가장 나이가 많고 덩치가 큰 예케낫과 함께 있는 코욘을 보았다. 키가 큰 예케낫은 어마어마한 엄니를 갖고 있었고 두꺼운 가슴은 황갈색 털로 뒤덮여 있었다. 코욘은 광활한 초원의 잔디를 짓이기며 나아가는 멘토를 바라보며 경의를 표하는 만큼 거리를 두고 뒤따랐다. 암컷 우두머리와 텁수룩한 사촌들이 지나갈 때면 바람에 실려 오는 그들의 체취를 따라 트렁크를 휘두르기도 했다.

그렇다고 무턱대고 다가가지는 않았다. 다른 수컷들과 마찬가지로 코욘 역시 삶의 질서를 제대로 이해하게 되었다.

다미라는 파리가 웽웽거리는 소리에 귀를 기울였다. 소리는 에와소웅기로 강둑에서보다 훨씬 약했다…….

파리 소리를 들은 다미라는 대기에 떠도는 죽음의 악취를 맡았다. 언덕 아래에서 라이플총을 이쪽 어깨에서 저쪽 어깨로 옮겨 들며 잠시 머뭇거렸다. 와무군다가 그녀 옆에서 멈춰 섰다. 둘은 하늘을 나는 독수리들을 보았다. 눈앞에 있는 붉은 언덕을 넘으면 무엇이 기다리고 있을지 알았지만 직접 보고 싶지는 않았다. 그러나 보는 것보다 듣는 것이 더 견디기 힘들었다. 시끄럽게 웽웽거리는 소리가 죽음을 알려왔다. 악취가 파괴를 알려왔다. 뜨거운 증기가 부패를 알려왔다. 와무군다는 구역질했다. 전혀 부끄러워하지 않고 붉은 흙 위로 침을 뱉었다.

한편 다미라는 그러지 않았다. 일부러 하지 않으려고 애썼다. 침을 뱉는 정도가 아니라 정말로 토할 것 같았기 때문이다.

다미라는 겨우 앞으로 나아가 언덕 꼭대기까지 올라갔다.

여덟 마리였다. 다 자란 여섯 마리는 모두 암컷이었다. 1~2년 전 무리에서 떨궈진 덜 자란 수컷 한 마리가 있었고 태어난 지 며칠 되지 않은 새끼 한 마리가 있었다.

파리 떼가 암컷 우두머리들과 청년 코끼리의 얼굴을 훼손하고 있었다. 트렁크가 모두 잘려 나가고 엄니는 도려내졌으며 발은 베어져 있었다. 먼저 도착한 무사는 사체들을 처음 발견한 농부와 함께 서서 담배를 피우고 있었다. 악취를 떨쳐내기 위해서. 그리고 학살 현장을 바라보며 기다리는 동안 뭐라도 하기 위해서였다.

"하늘에서 쏜 거야. 어쩌면 군용으로 쓰이던 드론, 그러니까 하늘을 나는 기관총을 레이더망에 숨겨서 소음기를 사용했을 거야. 그리고 나중에 엄니들만 가지러 ATV*를 타고 온 거지. 투자를 많이 받은 커다란 사업 중 하나거든. 어쨌든 우리를 홀리려고 이상한 덫을 설치해뒀어. 저 수컷 코끼리 옆에 있는 덤불 안에 철사로 급조 폭발물을 묶어두었더라고. 박격포탄이야. 우리에게 안부나 전하는 셈이지. 주변에 더 있을 수도 있어. 내가 최대한 확인하긴 했는데, 그래도 조심하라고." 무사가 말했다. 다미라는 학살 현장 끝에 서서 희생자들의 최후를 바라보고 있었다.

밀렵꾼들이 건드리지도 않은 분홍빛 새끼는 누워 있는 모습이 꼭 자는 것 같았다. 장미만큼이나 붉은 귀는 아직도 불투명했다. 자기 어미와 그 무리 곁에 남은 새끼는 세상에 나온 지 며칠 만에 윙윙거리는 소리에 휩싸여 그대로 누워 다시 세상을 떠나기를 기다렸다.

개별적으로 학살당한 다른 코끼리들은 셀 수도 없었다. 상아 사냥꾼들은 이제 야생에 거의 남아 있지 않을 정도로 코끼리 수천 마리를 도살하고 엄니를 잘라갔다. 살

---

* All-Terrain Vehicle, 전 지형 만능 차. 험한 지역에서도 잘 달리게 고안된 소형 오픈카.

생이라는 개별적 행위를 보는 것은 코끼리를 죽이는 각 행위가 코끼리 자체만큼이나 거대하다는 것을 상기시켰다. 인간의 잔인함을 보여주는 당당한 사례다.

그러나 다미라가 후에 에와소응기로 강에서의 힘들고 서글펐던 그 시절을 떠올릴 때 생각했던 것은 죽은 코끼리의 마릿수가 아니었다. 다 자랐거나 덜 자란 코끼리들의 훼손된 사체도 아니었다. 끝까지 자기 어미 곁에 남아 있던, 태어난 지 얼마 되지 않아 아직 분홍빛을 띠던 새끼 코끼리만이 끝까지 기억에 남았다.

그 새끼 코끼리는 밀렵꾼, 그리고 그들을 지지하던 시스템과 맞서 싸우다 결국 완전히 패배하는 전쟁을 치르던 다미라에게 어떤 상징이 되어버렸다. 그래도 계속해야 하는 이유가 필요할 때마다 그 새끼 코끼리를 눈꺼풀 뒤로 떠올렸다.

그렇게 다미라는 포기하지 않았다. 그 누구도 포기하지 않았다. 다미라도, 밀렵꾼을 상대로 맞선 그 어떤 공원 관리원들도 포기하지 않았다.

무사는 늦은 아침 열기로 이미 흰색과 파란색으로 변해버린 하늘을 올려다보며 말했다.

"우리의 날이 올 거야. 그리고 이런 짓을 한 밀렵꾼들의 시체는 에와소웅기로 강둑에 흩어져 파리 떼에 덮일 거야."

"맞아요. 우리의 날이 올 거예요." 와무군다가 동의했다.

"우리의 날이 올 거예요." 다미라도 말했다. 그러나 그 목소리는 파리 떼가 윙윙거리는 소리에 묻혀버렸다.

곧 한 해도 지나지 않아 무사는 다른 공원 관리자들 세 명과 함께 베이스캠프에 있던 저격수가 쏜 총에 맞아 죽는다.

두 해가 지나고 와무군다는 자신이 몰던 레인지로버 운전석에 앉아 국립공원의 비포장도로에 설치된 급조 폭발물 포탄이 터질 때 죽는다.

그리고 1년 후 다미라 역시 살해당한다.

핏자국은 쿠르간*을 중심으로 기슭을 따라 해빙수 개울이 살짝 파인 곳까지 이어졌다. 예케낫과 코욘은 서로 불과 15미터 남짓 떨어진 곳에, 나란히 쓰러져 있었다. 파리 떼가 빙빙 돌더니 두 매머드의 머리 위에 다시 자리를 잡았다. 오직 엄니들만 뽑아갔는데, 어찌나 성급하게 잘

랐는지 상아를 조금이라도 더 빼내려는 욕심에 두개골이 찢겨 열려 있었다. 슬픔에 잠긴 코욘의 얼굴도, 강인하던 예케낫의 얼굴도, 최초로 부활한 매머드 중 하나였던 예케낫이 중년기에 접어들며 뿌리부터 두껍게 자라던 엄니마저 거의 남아 있지 않았다.

부드러운 땅 위에는 부츠 자국만이 있었다. 바퀴 자국은 없었으나 이상한 말굽처럼 생긴 자국이 얇은 잔디 위로 보였다. 그리고 물론 포탄 탄피들도 광활한 초원 위에 흩어져 있었다. 모두 오래되지는 않았다. 오늘 일어난 일이다. 사체들은 거의 부패하지도 않았다. 다시 돌아온 다미라의 가죽에 트렁크를 뻗어 흠뻑 흡수된 죽음의 냄새를 맡은 무리는 입천장에 그 죽음의 냄새를 갖다 대고 느리게 원을 그리며 걸었다. 새끼들은 자기 어미 가까이 이동하며 털이 덥수룩한 어미의 옆구리에 트렁크를 대고 비벼댔다.

코욘의 어미 카라는 두 눈을 감고 그대로 서서 몸을 천

---

* Krugan, 중앙아시아 유목민의 무덤을 부르는 용어. 고대 튀르크어로 '무덤, 봉분'을 뜻한다. 시신 한 구와 함께 각종 부장품, 무기, 말 들을 껴묻거리로 매장했다.

천히 흔들었다. 다른 매머드들이 카라 곁으로 다가와 낮게 가르랑대며 트렁크로 털을 쓰다듬어주고 위로했다.

그러나 다미라는 슬프지 않았다. 전혀. 그럴 여유가 없었다. 다미라는 그저 하늘을 올려다보던 무사만을 생각할 뿐이었다.

"우리의 날이 올 거야. 그리고 이런 짓을 한 밀렵꾼들의 시체는 에와소웅기로 강둑에 흩어져 파리 떼에 덮일 거야."

맹렬하게 울부짖는 다미라에 깜짝 놀란 다른 매머드들이 슬픔에서 벗어났다. 그리고 곧 모두 초조하게 서성거리고 커다란 귀를 펄럭이며 마치 밀렵꾼들이 그들 주변에 있다는 듯이 돌격하는 감정으로 하나가 되었다.

2

　"옛날에, 네네츠인*인 우리 엄마가 아주 어렸을 때, 가족들이 순록 떼를 이 초원에서 저 초원으로 이동시키고 있었대. 걸어서 강을 건너고 있었는데 우리 할아버지가 강둑 진흙에서 이상한 걸 본 거야. 멋진 뿔이 달린 엄청 커다란 털 뭉치 같은 거였어. 할아버지는 좀 더 가까이 가서 자세히 본 다음, 가족들에게는 아무도 그 근처에 가지도 못하게 했대. 하지만 다들 순록들을 천천히 걸리면서 그 옆을 지나가다가 그게 뭔지 본 거야. 우리 엄마가 그 털북숭이 머리가 끔찍하게 웃는 모습 한쪽으로 보인 치아랑 머리 꼭대기도 아니고 얼굴 앞에서부터 튀어나온

---

* 러시아 극북 지방에 거주하며 사모예드어를 쓰는 소수민족.

커다란 뿔 이야기를 해주셨거든. 그건 따뜻해진 봄에 얼었던 물이 녹아 홍수가 되고 강둑 사이가 침식되어 드러난 매머드였어. 가족들이 캠프를 다 지은 그날 밤늦게, 우리 할머니는 왜 아무도 그것을 만져보거나 그 가까이에 가선 안 되는지를 할아버지께 물어봤대. 할아버지는 그게 얼어붙은 지하 세계 신 엥가Nga의 부하라고 했어. 지하에서 구멍을 뚫어 우리가 살고 있는 이 세상 한가운데로 도망치려고 하다가 두 세계 사이에 몸이 걸려버렸다는 거야. 그걸 만지거나, 그 가까이에 가면 불운이 따를 거라고, 가족 모두가 저주받을 거라고 했어. 지하 세계 얼음에서 나온 생물을 건드린 네네츠인들은 몸이 아프거나 미쳐서 많이들 죽었대. 마을 전체가 말살될 수도 있을 거라는 거야.”

“그 엄니들이 얼마나 컸는지도 말해주셨어? 분명 누군가는 그 ‘괴물’로 행운을 잡았을 거야. 그리고 그들이 미치게 됐다면 그건 아마도 바냐*에서 금발 미녀들에게 둘러싸인 탓이었겠지.” 드미트리가 말했다.

---

* 러시아식 사우나.

이야기를 해주던 뮤세나라는 정비공은 고개를 젓더니 밥과 생선이 든 그릇으로 관심을 돌렸다.

드미트리가 스뱌토슬라프Svyatoslav를 쿡쿡 찌르며 말했다.

"우리는 작년에 지하 세계에서 온 괴물들을 그렇게나 많이 만졌는데도 미치지 않았잖아. 그렇지, 아들?"

스뱌토슬라프는 작년에 녹아내리는 영구동토층의 차가운 진흙투성이 강을 따라 아버지와 함께 매머드 엄니를 사냥하던 여정을 떠올렸다. 광부용 호스에 찢겨 상처 입은 땅이 기억났다. 고무 힙 웨이더*를 입은 남자들이 구멍 사이로 기어들어가 얼음에 붙은 뼈나 치아, 머리뼈 등을 조각내던 모습을 떠올렸다.

엄니를 찾아내지는 못했는데 어쩌다가 구멍 위 천장의 얼음이 녹아 무너져버렸다. 인부 한 명은 그 안에 영원히 묻혔다. 아무도 그 인부의 성을 모르고 이름만 안다는 걸 나중에야 깨달았다. 아무도 그 인부가 어디서 왔는지 알지 못했다. 그가 죽었다는 소식을 알려줄 곳이 없었다.

여정은 전체적으로 만취와 혼돈으로 흐릿했다. 강 아

---

* 허벅지까지 올라오는 긴 장화.

래로 돌아오는 길에 보트 하나가 침몰해 가라앉았다. 오는 내내 투덜거리고 싸우던 그 '팀'은 다른 보트에 우겨 타서 돌아와야 했는데, 그 와중에도 남자들은 술병을 돌려가며 마셨고 결국 그 보트마저도 침몰할 위험에 처할 정도였다.

그들은 여정 끝에 겨우 얻은 초원 들소의 성한 머리뼈 하나를 깨끗이 닦아 보트 앞에 걸어두었다.

남자들이 산골 마을 어딘가에서 거나하게 취하고 스뱌토슬라프가 호텔 방에서 베개로 머리를 감싸 복도와 주변 방 소리를 듣지 않으려고 애쓰는 동안, 누군가가 그 머리뼈를 훔쳤다. 이로써 그 여정에 대한 어떤 성과도 남지 않게 되었다.

"제 생각엔 아저씨네 할아버지가 옳았던 것 같아요. 저주에 걸린 지하 세계 생물을 건드린 사람들에게 나쁜 일이 일어난다는 거요." 스뱌토슬라프가 뮤세나에게 말했다.

뮤세나는 고개를 들어 소년을 쳐다보았다. 소년은 정비공이 고마워하는 건지 의심스러워하는 건지, 아니면 개의치 않는 건지 표정만 보고는 알 수가 없었다. 텐트 안의 남자들 여섯 명 모두 취해 있었다. 실내에 켜둔 무색 LED

등에 비친 태만한 얼굴들의 표정을 읽을 수가 없었다.

스뱌토슬라프만이 제정신이었다. 그는 절대 술을 마시지 않았다. 다른 이들은 이런 소년을 의심했고, 급기야 두려워하기까지 했다. 하지만 소년의 아버지가 유일하게 강요하지 않는 것 역시 음주였다. 지금까지 아들의 잔에 술을 따르려고 한 적이 한 번도 없었다.

"그럼 이렇게 건배하지, 저주를 위해!" 드미트리가 말했다.

스뱌토슬라프는 나머지 이야기를 듣지 않았다. 플라스티다운 담요를 어깨까지 감싼 후 텐트 밖으로 나와버렸다.

약 30미터 떨어진 곳에 노새 모양 드론들이 있었다. 다들 뭉툭한 머리를 숙인 채 꼼짝 않고 서 있었다. 스뱌토슬라프는 도저히 이 노새 드론에 적응할 수가 없었다. 진짜 노새처럼 가까이 갈 때마다 몸을 움직이거나 꼬리 흔들기를 기대했으나 드론은 그렇지 않았다. 작동할 때의 움직임은 노새라기보다는 거미에 가깝기도 했다.

스뱌토슬라프는 안장주머니 하나에서 제 몫의 드론 키트를 찾아 꺼냈다. 그리고 자신도 모르게 맨 끝에 있는 노새를 피해 크게 원을 그리며 돌아갔다. 그 노새에는 아직도 피가 튀어 번져 있는 네 개의 길고 휘어진 엄니가 단단히 묶여 있었다.

노새들은 뮤세나 소유였다. 뮤세나는 노새 드론을 갖고 있다는 이유만으로 이 여정에 합류하게 되었다. 처음에 드미트리와 사냥 친구들은 함께 여정을 계획하면서 항상 그랬듯이 ATV를 사용하는 것이 좋을지를 생각했다. 그러나 ATV는 시끄럽고 추적당하기가 쉬웠다. 그래서 노새 몰이이자 정비공인 뮤세나를 찾아 함께 가자고 권한 것이다. 그들은 ATV의 전원을 끄고 패러데이 백 안에 넣어둔 터미널을 보호구역 경계에 있는 잡목림 안에 나뭇가지와 솔잎으로 잘 숨겨두었다.

소리를 거의 내지 않는 노새 드론들은 길에서 만나는 진짜 노새들보다 시끄럽지 않았다.

그러나 그곳에서 고요할 틈은 없었다. 스뱌토슬라프는 텐트 안에서부터 들려오는 만취한 남자들의 웃음소리가 과연 얼마나 멀리까지 퍼질 수 있을지 궁금했다. 어마어마하게 넓은 보호구역은 외지기도 해서, 아직 아무도 밀렵하러 들어온 적은 없는 걸로 알고 있었다. 그래도 소년은 하늘 위를 올려다보며 별빛으로 가득 찬 어둠 속에서

순찰 드론이 내는 소리가 들리길 기대했다. 매머드만큼 가치 있는 것들이 이렇게 방치되어서는 안 되었다. 분명 감시 카메라나 더 엄중한 보호 장치가 있을 것이다.

하지만 아직은 보이지 않았다. 어쩌면 그들은 도망칠 수 있을 것이다. 밖으로 이탈할 수도 있을 것이다. 보호구역 경계까지 사흘째 행군 중이었다. ATV를 숨겨둔 곳으로. 그리고 이틀만 더 지나면, 날씨만 받쳐준다면 버려진 사냥꾼 오두막 옆에 세워둔 낡고 오래된 우아즈* 밴까지 갈 수 있을 것이다. 엄니들을 실어 가 중개인에게 팔 것이다. 믿을 수 없을 정도로 많은 돈을 벌 수 있었다. 시장은 뜨거웠다. 멸종했다가 부활한 매머드 엄니는 지금껏 세상에 팔린 적이 없었다. 그런데도 이미 구매자들은 줄지어 기다리고 있었다.

그 가격은 상상 이상이었다. 다 팔 수만 있다면 사냥꾼들이 모두 은퇴하고도 남을 돈이었다. 일하지 않고도 남은 생을 살아갈 수 있을 정도였다. 물론 모스크바에서였지만, 런던이나 뉴욕처럼 환상으로 가득한 다른 지역으

---

* UAZ, 러시아의 자동차 제조 기업.

로 더 멀리 떠난다 해도 가능할 것이다. 떠났던 사람들이 다시는 돌아오지 않은 이론뿐인 도시들, 어쩌면 다른 행성이었을지도 모르는 곳까지도 가능할 것이다.

동시에 이런 일을 겪고서 살아남는다니, 가능할 것 같지 않았다. 실제로 여기에서 벗어날 수 있다니. 이런 삶을 뒤로하고 떠나간다니. 밀렵꾼들이 지내던 텐트에서 나는 악취들, 술에 취한 더러운 얼굴들, 팔다리가 부러지고 물에 빠지고 실수로 쏜 총에 맞은 상처들까지.

스뱌토슬라프는 열여섯 살이었고 지금까지 몇 년간은 아무것도 알지 못했다. 어머니가 돌아가시기 전까지는 그에겐 이런 삶이 없었다. 그저 도시를 채운 암울한 아파트 블록만 있을 뿐이었다. 칠이 다 벗겨진 아파트 벽면, 쓰레기로 가득한 어둑한 계단과 그의 방 창문에 핀 서리꽃들, 오래되고 녹슨 놀이터뿐이었다.

병원에서 지내던 엄마는 마치 뼈대 안으로 들어갈 것처럼, 숨을 쉴 때마다 뼈가 살을 들이마시며 없애버릴 것처럼 말라 있었다.

그때까지도 아버지는 집에 코빼기도 보이지 않는 존재였다. 동물 사체와 다른 사내들과 함께 시끄럽고 혼란스럽게 훅 돌아왔다 떠나곤 했다. 음모를 꾸미고 라이플총에 윤활유를 발랐다. 아버지가 아니라 무슨 신화 속 주인공 같았다. 기대와 만남, 그리고 헤어짐이 계속되었다.

엄마가 돌아가셨을 때 스뱌토슬라프는 열세 살이었다. 얼어붙은 땅에 판 구멍 안에 엄마를 묻은 후부터 소년은 아버지를 따라 사냥하러 다녔다. 갈 곳이 아무 데도 없었기 때문이다.

사람들은 아버지가 천 킬로미터 떨어진 곳에서도 목표물을 잘 잡는 뛰어난 사냥꾼이라고 했으나 스뱌토슬라프의 두 눈에는 그저 혼돈과 오물과 파괴만 보일 뿐이었다. 사냥이라는 게 어떤 대단한 기술처럼 보이지 않았다. 무장하고 숲에 나가 기다리기만 하다가 나만큼 무장하지 않은 뭔가를 죽이는 게 다였으니까.

기다리는 건 그런대로 간단했다. 바람이 부는 방향. 잠복. 숨어 있기. 한 계절이면 익힐 수 있었다. 그나마 총을 갖고 있으면 훨씬 유리했으나 총 쏘는 법을 안다고 해서 그렇게 자랑스러운 것도 아니었다. 얼간이라도 사용할 줄 알기 때문이다. 총을 사용하는 사람들은 대부분 얼간이였다. 스뱌토슬라프 역시 총 쏘는 법을 알고 있었다. 어린 시절 아주 가끔 봤던 아버지 덕에 배울 수 있었다. 작은 총으로 캔을 명중시키는 것도 아버지에게 배웠다. 총을 쏜다는 건 그저 근육을 움직이는 정도로, 걷는 것만큼이나 쉬운 행위였다.

사냥꾼으로 지내면서 정말로 견디기 힘든 건, 술을 마시지 않는 상태로 지내는 일이었다. 끝없이 펼쳐진 타이가*를 배경으로 모기떼와 부츠 안을 흠뻑 적시는 늪지대, 이윤을 남기기 위한 생물 학살 현장 등에 맞서 정신을 바짝 차리는 것이다. 밤에는 잠을 자야 했다. 술로 밤을 새운 채, 희뿌연 파괴 현장을 비틀거리며 다닐 수는 없었다. 사냥이 사고나 부상, 죽음으로 끝나는 이유는 바로 음주 때문이었다.

처음에는 지겨워서 술을 마시는 줄 알았다. 그러나 사실은 혐오감 때문이었다. 그들은 오물과 자신들에게서 뿜어나오는 악취, 폭력적인 행위와 그 모든 허무함 위에 만취라는 커튼을 걸치려고 했다.

그래도 소용없었다. 종종 그들은 똑같이 절박한 다른

---

* 북반구 냉대기후 지역의 침엽수림.

깡패들에게 강탈당하곤 했다. 그마저도 항상 그런 건 아니었다. 굳이 깡패들이 아니어도 모든 걸 잃기 일쑤였다. 번 돈을 도박 같은 사기 행각에 쏟아붓고 날리기도 했고 진탕 술을 마시거나 마약을 하느라 날리기도 했고 사랑하는 연인에게 모두 주었다가 배신당하기도 했다.

타이가를 기어다니는 밀렵꾼이나 영구동토층에 호스로 구멍을 뚫는 매머드 엄니 사냥꾼이 모두 부자가 될 수는 없었다. 둘은 모두 어떤 식으로든 너무 일찍 죽음을 맞이했다. 다들 아무것도 남기지 않은 채 땅에 묻혔다.

어쩌면 엥가와 함께 얼어붙은 지하 세계로 갔을지도 모른다. 그 정도면 훌륭한 설명이 될 것이다.

스뱌토슬라프는 헤드셋을 쓰고 드론을 작동시켰다. 크기는 호박벌만큼 작고 무게는 더 가벼웠다. 드론이 나선을 그리며 공기 중으로 떠오르는 그 시점에 그는 화면을 지켜보고 있었다. 모노크롬의 열화상 녹색 화면 속에서 드론을 올려다보는 자기 자신과 마주쳤다. 노새 드론들은 거의 감지되지 않았다. 잔디보다 온도가 더 높은 관절 주변의 열기를 보여주는 얇은 선들만이 어둡게 찍힌 땅 위로 얼룩져 있을 뿐이었다. 그러나 그는 주변 땅보다 미묘하게 따뜻한 풀과 이전에는 몰랐던 캠프 근처의 온천을 확인할 수 있었다. 열기는 지면을 따라 초록빛으로 뻗어 있었다.

깜깜한 저쪽 어딘가에 살해당한 매머드 두 마리가 이 녹색 화면이라는 가짜 눈을 통해 보였다. 스뱌토슬라프는 잔디 위로 쓰러져 잘 보이지 않는 그 육중한 몸뚱이들을 확인하고 싶었다. 둘 다 차갑게 식어가고 있었다. 드론 카메라 화면 속의 그들은 평화로워 보였다. 어쩌면 벌써 그들을 둘러싼 대지의 일부가 되었을 것이다.

평화롭게 세상을 뜬 마지막 모습을 보니 스뱌토슬라프의 머릿속에 남아 있던 살해라는 기억도 지워지는 것 같았다. 고통에 겨워 끔찍하게 울부짖던 모습과 연이어 날아오는 총알에 맞아 확신 없이 이리저리 어색하게 휘청거리다가 결국 무릎을 꿇었던 어린 매머드의 두 눈에 비친 공포를.

더 늙고 몸집이 컸던 매머드는 세르게이라는 사냥꾼을 발견하고 공격했다. 발을 헛디뎌 넘어진 세르게이를 본 스뱌토슬라프가 그는 이제 죽었다고 생각한 순간, 세르게이는 허둥지둥 일어섰다가 다시 넘어질 뻔했다. 마치 괴물에게서 도망치는 영화의 한 장면 같았다.

스뱌토슬라프의 아버지는 매머드의 눈을 향해 지름이 큰 총알을 쏘았다. 매머드는 명중한 그대로 분홍빛 스프레이를 흩뿌리고 신음하며 생명을 뱉어내고 쓰러졌다. 마치 모든 인간을 향해 항의하는 대지의 신음 같았다.

스뱌토슬라프도 엄니 뽑는 걸 도왔다. 그는 세상과 완전히 차단된 듯, 거의 평온에 가까울 만큼 아무 감정도 느끼지 못한 채 거대한 머리뼈를 잘라 길고 휘어진 엄니를 뽑아냈다.

그러나 곧 다른 사냥꾼들이 엄니들을 노새 드론으로 나르고 두꺼운 끈으로 묶을 때 스뱌토슬라프는 쿠르간 뒤로 가서 잔디에 얼굴을 묻고 울었다. 얼굴을 잔디와 흙 사이로 밀어 넣고 힘껏 흔들며 요란하게 꺽꺽대면서 울었다. 온몸이 비워질 때까지, 둥둥 뜬 것 같은 느낌이 들어 덜덜 떨릴 때까지 울었다.

스뱌토슬라프는 드론으로 넓은 원을 그렸다. 카메라를 통해 보이는 녹색 땅을 따라 호를 그리며 텐트로 향했다. 석탄 꾸러미처럼 빛나는 텐트 안에는 여섯 개의 흐릿한 사람의 형체가 각각 더 밝게 보였다. 드론은 움직임을 멈추고 소리를 들었다.

"내가 그 애에게 술을 못 마시게 한다는 건 아니야. 그저 아이가 원하지 않는 거라고. 자네들도 알다시피…… 한번 마시기 시작하면 그렇게 끝나버리는 거니까. 아이가 그렇게 되길 원하지는 않아. 차라리 다른 방법으로 끝냈으면 하지. 여기서 아주 머나먼 곳에서 말이야." 드미트리가 말하고 있었다.

"아주 옛날, 머나먼 왕국에." 뮤세나가 말했다.

만취한 웃음소리가 들렸다.

"그런 거지. 네네츠인인데도 러시아 전래동화를 잘 아네."

"우리 아버지는 네네츠인이 아니었거든. 러시아인이었지. 사실, 당신과 정말 닮았어."

"나를 닮아?"

"그래. 자기 아들에게 나쁜 것은 빼고 좋은 것만 물려줄 수 있다고 생각했거든."

텐트 안은 순간 조용해졌다.

그러자 다른 사내가 말했다.

"그건 맞아, 미티야. 우리 아버지들은 모두 그랬지."

“그렇다면, 우리 아버지들을 위해 한잔 더 하자고. 분명 최고를 바라셨지만 결국 항상 똑같이 끝나긴 했지.”

다들 웃었다.

스뱌토슬라프는 드론을 자동 복귀 모드로 변환했다. 헤드셋을 벗고 땅 위에 누웠다. 그대로 자도 될 정도로 따뜻했다. 냄새나는 텐트로 돌아가지 않아도 됐다. 하늘 위로 별들이 반짝였다. 길만큼이나 넓은 은하수가 흩뿌려져 있었다. 드론이 윙윙 소리를 내며 바로 옆 잔디에 착륙했다.

그 냄새. 소년은 두 손을 얼굴 위로 들어 올렸다. 쇠 비린내는 어떻게 해도 지워지지 않았다. 어떤 냄새도 그걸 가리지 못했다. 이런 여행을 끝내고 돌아갈 때마다 그에게선 항상 피 냄새가 진동했다. 처음엔 그래도 신선한 피 냄세였지만 점점 엉겨 붇고 달큼하게 썩어갔다. 냄새는 뜨거운 샤워를 해도 사라지지 않았다. 가끔은 몇 주가 지났는데도 가게에 줄을 서 있거나 잠이 들려고 할 때 불현듯 나기도 했다. 마치 몸 안에 절여져 있다가 땀구멍을 통해 내쉬는 것 같았다.

“다시는 안 해. 다시는 이 짓을 하지 않을 거야.” 스뱌토슬라프가 크게 외쳤다.

그러나 곧 그 결심은 다른 생각에 밀려버렸다.

다시 해야 할 것이다. 그렇지 않으면 돈을 벌지 못할 테니까. 절대 빠져나오지 못할 것이다.

사냥꾼들은 모두 어떤 식으로든 너무 일찍 죽음을 맞이하고 땅속에 묻혔다.

엥가와 함께 얼어붙은 지하 세계로.

3

"기분은 어떨까요?"

다미라는 터미널 더미 뒤에 있는 하얀 연구실 가운을 입은 여자에게 물었다. 여자는 자기소개 없이 방으로 들어와 장치들을 손보기 시작했다. 프로젝트를 진행하는 대학원생이거나 박사 후 연구원일 것이다.

"사람마다 달라요. 어떤 사람들은 아무 느낌도 나지 않는다고 하고, 또 다른 사람들은 스캔 중에 기억들이 떠오른다고 하고요. 아마 기억을 다시 의식 상태로 되돌리나 봐요. 살아온 삶들을 보는 거지요. 기억을 하나하나 눈앞에 펼치면서요."

"죽기 직전처럼요."

"맞아요. 그렇게들 말하지요. 실은 과학적으로 밝혀지

지 않은 미신인데도요.”

다미라는 아무것도 느끼지 않기를 바랐다.

뇌를 백업하는 걸 처음부터 동의한 건 아니었다. 터미널로 연구소에 와서 보고하라는 통보를 받았으나 소환 호출을 무시했다. 연구원에서 진행하는 실험에 동참하고자 러시아로 돌아온 게 아니었다. 다미라는 케냐에서 벌어지고 있는 밀렵꾼들과의 전쟁에 지원을 더 받기 위해 돌아왔다. 바로 그거였다, 전쟁. 그녀는 사람들에게 더 자극적으로 들리도록 그 일을 전쟁이라 불렀다. 그리고 여느 전쟁과 마찬가지로 직접 겪고 있는 사람들에게만 실재했기 때문에 전쟁이라고 불렀다. 다른 모든 전쟁처럼 이 전쟁 또한 특정 장소, 특정 시간에 일어나고 있었다. 그 외 다른 장소나 시간에서는 신경도 쓰지 않을 일이었다.

역시 모스크바에서는 아무 일도 없다는 듯이 삶이 흘러갔다. 코끼리 수만 마리가 죽어가는 일은 없다는 듯이. 시험관이나 동물원에서 살아남아 있는 코뿔소가 이미 멸종 위기인 게 아니라는 듯이. 모스크바에 사는 사람들은 고급 서양 커피를 실제 서양에서보다 세 배 가격이나 더 내고 마셨고 자기 계발 관련 인터넷 방송에 빠진 채 무표

정한 얼굴로 구 아르바트 거리를 걸어 다녔다. 진짜 문제가 뭐든 간에 **자신들을** 건드릴 수 없다고 확신했다. 만약 전쟁에 관해 조금쯤 생각한다 해도, **다른 누군가가** 해결할 거라고 확신했다.

그날 아침 다미라는 구 아르바트 거리를 걸었다. 요가 스튜디오 앞에 잠시 서서 느릿느릿하게 동작을 바꾸며 땀 흘리는 사람들을 바라보았다. 비싸게 산 커피를 한 모금 마시며 자신과는 다른 사람이 되려고 애써보았다.

느리지만 정확하게, 잠시나마 주변 세계와 서로에게 나란히 맞닿아 있는 그들의 움직임을 보면서 다미라는 자신이 돌보던 느리지만 우아한 코끼리들을 떠올렸다. 그들은 그녀가 구 아르바트 거리에 서 있는 **지금, 이 순간에도** 죽어가고 있었다. 개체수는 멸종을 향해 달려가고 모든 죽음은 찢어진 구멍으로 세상에 남았다.

다미라는 낭비했다는 죄책감을 느끼며 반쯤 남은 커피를 쓰레기통에 버렸다. 그러나 자기 몸 안으로 들이붓는 것도 마찬가지로 낭비였다.

조금 이따가 목소리가 들려왔다.

"호출하면 응답해야지, 알잖아."

옐레나였다. 둘은 같이 대학원에 다녔다. 이제 옐레나는 연구소에 남았다. 마인드 뱅크 프로젝트 연구원은 아니었다. 최근에 했던 프로젝트가 뭐였더라? 다미라도 알지 못했다.

"나 데려오라고 너한테 시켰어?"

"아니, 내가 명단에 있는 네 이름을 보고 과연 너라면 무시하겠다고 생각했지. 그런데 그럴 수는 없지. 그들이 네 출국을 정지시킬 테니까. 국회에서 법이 통과됐어. 너에게서 보조금을 빼앗을 수도 있고, 원한다면 뭐라도 할 걸. 심지어 널 감옥에 넣을 수도 있을 거야. 잠깐 들러서 끝내버려."

"생각 중이야."

"정말. 널 이대로 떠나게 두진 않을 거야. 어제 네가 케냐에서 무슨 일이 일어나고 있는지 설명하는 영상 봤어. 여기 돌아온 중요한 목적이 있잖아. 괜히 네 길을 막지 않도록 해야지."

"**너도** 했어?"

"장난해? 마인드 뱅크는 천재나 영웅을 위한 거야. 자기 분야에서 완벽한 전문가…… 너처럼 말이야. 우리 국가의 지식재산. 그렇게 부르는 것 같더라. 연구실에 가만히 앉아 어둠 속에서 초파리들이 불빛을 내게 하는 사람이 아니라. 우리는 죽어도 아무도 되살리려 하지 않을걸."

"마취하고 할 수는…… 없나요?"

"없어요. 깨어 있어야 하거든요. 아프진 않아요. 아무것도 시키지 않을 거고요. 집중하거나 그럴 필요도 없어요. 그냥 편안하게 알아서 진행되도록 두면 돼요. 거의 아무 느낌도 안 날 거예요. 다들 그러더라고요. 가끔 따끔거리거나 기분 좋은 느낌이 나기도 한다고 하던데요."

"아니면 기억이 나겠죠."

"맞아요. 기억이요. 하지만 대부분 다 좋은 기억이라고 했어요. 아, 저도 당신 영상 봤어요. 코끼리들에게 일어나는 일은 정말 끔찍하더군요. 사람들에게 당신 이야기를 듣도록 만드는 건 멋진 일 같아요. 그런 국제 카르텔에 맞서 목소리를 높이다니 엄청난 용기잖아요."

하지만 사람들은 듣지 않았다. 그리고 다미라 역시 코끼리 이야기를 그만해야겠다고 느끼기도 했다. 그건 용기가 아니라 사랑이라고 그녀는 생각했다. 그런 일이 일어나도록 가만히 둘 수 없게 하는 간절한 사랑.

"언제 시작하나요?"

"이미 시작했어요. 무슨 느낌이 나요?"

아무 느낌도 없었다. 그런데 바로 그때, 다미라는 마치 연구실 안에 실제로 있는 것 같은, 솜이 채워진 코끼리 인형을 매우 또렷하게 보았다. 인형은 긁힌 리놀륨 바닥처럼 되어버린 테이블 표면 위에 떨어져 모로 누웠다.

그녀의 첫 코끼리.

티무르 삼촌이 언젠가 티만-페초라 분지*의 유전에서 한 달간 일을 하고 돌아오면서 사다준 선물이었다.

티무르 삼촌은 엄마의 오빠였다. 다미라가 가장 좋아하는 삼촌이기도 했다. 한 달씩 사라지곤 하는 삼촌은 신비한 존재였다. 그녀는 사라진 삼촌이 돌아오기를 한 달 내내 기다렸다. 티무르 삼촌은 톰스크의 타타르족 동네에 있던 그녀의 작은 나무 집을 두드렸다. 만약 삼촌이 아

---

* 러시아 북쪽의 티만산맥과 우랄산맥 사이에 있는 퇴적 분지로, 석유와 가스 자원이 풍부하다.

닐 때면 다미라는 실망을 감추지 못하고 손님을 피할 정도였다.

삼촌은 일터에서 돌아올 때마다 뭔가를 선물로 가져다주었다. 그중 하나가 코끼리였다. 코끼리 인형을 받고 행복해하는 다미라를 본 삼촌은 그때부터 코끼리와 관련된 선물을 갖다주기 시작했다. 다른 코끼리 인형들을 더 주더니 나중에는 코끼리 책을 선물로 주었다.《코끼리 바바르Babar》*라는 동화책의 러시아어 번역판이었다. 그리고 다미라가 클수록 진짜 코끼리에 관한 책들을 갖다주었다.

그런 작은 사건들로 인생이 이루어지다니 정말 신기하다. 어떻게 어른이 아이에게 잠재적인 꿈을 품고 인생을 펼칠 선물을 줄 수 있는지. 어쩌면 처음 준 선물은 그저 별생각 없이 눈에 띈 가게에 우연히 남아 있던 인형이었을지두 모른다. 그렇게 티무르는 항상 자신을 기다리고 있는 소녀를 위해 코끼리와 관련된 무언가를 찾아야 한다는 게임을 시작하게 된 것이다.

---

* 1931년 프랑스에서 출간된 장드 브룬호프Jean de Brunhoff의 어린이책. 어미가 사냥꾼에게 살해당하고 혼자 살아남은 어린 아프리카코끼리 바바르의 이야기를 담고 있다.

티무르는 아이가 없었다. 인생 절반을 북극에 있는 막 사나 유전에서 자기와 비슷한 처지의 남자들과 지냈다. 다른 절반은 다미라가 엄마와 딱 한 번 가본 적이 있는 자기 아파트에서 쭉 살았다. 딱 한 번. 살해된 티무르 삼촌을 발견한 그날이었다.

그때 다미라는 열두 살이었다. 도장을 찍은 허가증을 가지고 자물쇠공을 데려왔다. 남자가 문을 열기 위해 씨름하며 입에 담지 못할 욕을 퍼붓는 동안 다미라는 엄마와 함께 차가운 층계참에 5분 정도 서서 기다렸다. 그리고 드디어 문이 열렸다.

집 안에는 아무것도 없었다. 아니, 그건 아니었다. 가구나 옷가지, 냉장고 안 피클 병 같은 물건들은 있었다. 캄차카에서 산 기념 자석이 냉장고에 붙어 있거나 산맥을 찍은 사진이 벽에 걸려 있었다. 그리고 한 사람이 이 세상에 존재하는 데 필요한 서류로 가득 찬 닳아빠진 가죽 가방이 있었다.

그런데도 다미라는 집 안에 아무것도 없었다고 기억했다. 중앙난방으로 아파트 안은 따듯했다. 창문을 열어 온도를 조절할 사람이 아무도 없었으니 오히려 갑갑하기까지 했다. 아파트는 티무르가 돌아오기를 기다린 것치고는 티무르가 어떤 사람인지 **나타낼** 수 있는 건 아무것도 갖고 있지 않았다. 티무르가 어떤 사람이라는 걸 특정해주는 물건은 없어 보였다. 매월 충실하게 코끼리에 관련된 뭔가를 찾아내 자기 조카에게 가져다주는 사람. 어떻게 보면 마치 조카에게 선물을 주는 작은 행동을 되풀이하는 그런 것만이 티무르의 삶을 이루는 전부인 것 같았다.

"돌봐주는 사람이 있어야 했어." 다미라의 엄마가 냉장고 위에 쌓인 먼지를 손가락으로 훔치며 말했다. "우리 모두 그렇지."

다미라는 침대 끄트머리에 앉아 있던 티무르 삼촌을 기억했다. 엄마가 장을 보러 간 사이 삼촌에게 몇 시간 동안만 자기를 맡겼을 때였다. 침실 창문으로 연어빛 저녁 노을이 쏟아졌다. 삼촌은 책장을 넘기고 목을 가다듬더니 읽기 시작했다.

"옛날 옛적에 코끼리에게는 기다란 코가 없었어요. 그저 신발만 하고 거무튀튀하고 불룩한 코를 양옆으로 꿈틀거릴 뿐이었어요. 그런 코로는 아무것도 집을 수가 없었지요. 그러다가 새끼 코끼리가 태어났어요. 그녀는 정말 호기심이 많아서 틈만 나면 질문을 하곤 했지요……."

나중에 알고 보니 책에 나온 새끼 코끼리는 '그'였다. 삼촌이 다미라를 위해 '그녀'로 바꿔 읽은 것이었다.

왜냐하면 내가 바로 그 새끼 코끼리니까.

다미라는 커다란 몸뚱이를 이동했다. 칠흑같이 어두운 밤이었다. 뒤를 돌아보니 다른 매머드들이 줄지어 따라 오고 있었다. 바로 뒤에서 카라가 지친 머리를 축 늘어뜨린 채 트렁크를 입천장에 계속해서 갖다 댔다. 코욘을 떠올리는 게 분명했다. 아들의 냄새. 다미라는 저 행동을 전에도 본 적이 있다. 매머드로서의 경험으로도 알고 있었다. 트렁크 끝을 입천장에 있는 야콥슨 기관에 갖다 대면 아주 작은 냄새의 기억까지도 떠올릴 수 있다. 그 기관은 추억이 얽힌 미로로 들어갈 수 있는 경로였다. 인간은 냄새로 기억을 불러내어 떠올린다고 하지만 그보다 백배는 더 강렬했다. 매머드에게는 자신만의 견고한 기억이 있었다. 그 기억들은 트렁크 끝으로 입천장을 두드리면 나타났다. 누군가 걸어갈 수 있는, 다른 시간대로 돌아갈 수 있는, 그리고 현재만큼이나 실질적이고 현실적인 과거로 돌아갈 수 있는 경로였다. 뜨거웠던 잔디 향기—여름—햇살—햇볕에 타는 피부—여름 캠프에 있던 간이침대—블랙베리로 물든 손가락—소녀의 목덜미에 흘러내린 머리카락과 엉켰던 소년의 손가락. 물 위에 떠다니는 조류—마을 호수의 보트 선착장—알루미늄 배들이 서로 부딪치며 내는 텅 빈 쾅 소리—노를 잡은 두 손—미끄러지는 듯한 움직임—엄지와 검지 사이에 난 물집.

이제 다미라에게는 없는 손. 이제 다미라에게는 없는 몸. 다른 삶에서 남긴 기억들. 지금 그녀가 아닌 다미라.

50년 전에 끝나버린, 전에 살던 삶이 남긴 가장 마지막 기억은 새하얀 실험실에서 편한 의자에 앉아 있던 장면이다. 다미라는 온몸을 통해 전해지는 기분 좋은 윙윙거림에 둥둥 떠다니는 기분이었다. 오랜만에, 그리고 처음으로 그녀는 전쟁에 관한 생각을 하지 않았다. 그저 순전히 자리에 앉아서 아득한 기억을 따라가고 있었다. 어린 시절과 학생 시절. 아무도 스캔하고 업로드하지 않은 책들을 지키는 오래된 도서관의 바닐라 향. 톰스크에서 맡았던 장작 타는 향과 겨울 서리.

"느낌이 어때요?" 실험실 가운을 입은 여자가 물었다.

"괜찮아요."

"좋아요. 거의 다 끝나가요."

다미라는 테이블에 있던 자기 터미널을 흘깃 보았다. 잠금 화면에 메시지가 하나 떠 있었다.

빨리 와. 와무군다가 죽었어.

다미라는 코욘과 예케낫의 슬픈 핏자국 냄새가 남아 있는 다리 아래의 털을 트렁크로 쓰다듬었다. 몸을 돌려 줄지어 오는 암컷 우두머리들을 따라 걸으며 각각의 입에 차례로 트렁크를 갖다 대었다. 모두 지쳐가고 있었다. 다미라가 깨워주어야 했다. 죽음의 냄새를 그들의 얼굴에 대주고 유연한 그들의 입술을 쓰다듬어주자 모두 화들짝 놀랐다. 피로함이 사라지는 게 보였다. 모두 분노하며 커다란 귀를 펄럭거렸다. 오싹해하며 머리를 홱 쳐들었다.

좋아.

줄 끝까지 갔다가 뒤돌아선 다미라는 뛰기 시작하며 속도를 냈다. 평소처럼 울부짖지는 않았다. 자기처럼 커다란 동물이 할 수 있는 만큼 그저 조용히 뛸 뿐이었다. 빨라지는 발걸음에 맞춰 균형을 잡으며 엄니를 양옆으로 흔들었다. 몸을 앞으로 기울이자 그 무게가 다미라를 언덕 아래로 끌어내려 목표물로 향하게 했다.

다른 매머드들도 달리기 시작하며 그들의 우두머리인 다미라와 속도를 맞춰 따라왔다.

4

창문에는 빨간색 벨벳 소재 커튼이 달려 있다. 속이 꽉 찬 부드러운 의자 역시 같은 색 천으로 덮여 있다. 윤이 나는 어두운 호두나무 패널 벽 위로 황동 촛대가 비추는 따스한 빛이 반사되고 있다. 쪽모이 세공을 한 바닥은 아제르바이잔, 투르크멘과 페르시안 카펫으로 은은하게 마무리되어 있다. 독서 등이 테이블 위에 매끄러운 원형 빛을 드리웠다. 하얀 도일리 위에는 녹색 가죽 표지에 《매머드가 사는 세상으로 떠나는 여행: 당신을 위한 빙하기 시대 안내서》라는 제목이 금박으로 양각된 책 한 권이 놓여 있다.

실내는 기차 객실 칸을 떠올리도록 설계되었다. 어쩌면 오래된 시베리아 횡단 급행열차의 일등석 객실 정도?

누군가는 밤의 창가에 앉아 일정한 리듬의 기차 소리를 들으며 끝없이 펼쳐지는 러시아 숲을 바라보는 상상을 할 수 있을 것 같았다.

거의 그렇다는 것이다. 객실은 태풍을 만난 선박처럼 휘청거리고 흔들린다. 나무 패널 벽 뒤에서 낮게 울리는 낯선 소리와 달가닥거리는 소리가 들린다. 부하라식 카펫과 쪽모이 세공 바닥 밑에서 엔진이 으르렁거린다. 객실은 기울어진다. 여느 기차 객실이라기보다는 태풍을 맞으며 바다를 항해하는 선박에 더 가깝게 오르락내리락한다.

화장실에서 나온 블라디미르는 객실 의자로 돌아가 자리를 잡기 전에 문가에 기대어 중심을 잡아보려 했다. 등 뒤로 화장실 문이 제대로 닫히지 않았다. 문이 뒤로 열렸다가 다시 꽝하고 닫히자, 빛을 밝히는 황색 유리가 덜그럭거렸다.

블라디미르는 세면대에서 얼굴과 손을 씻었다. 꽃향기가 나는 구식 비누 냄새를 맡고는 구토했다. 마치 누군가가 라벤더와 장미로 앙증맞게 꾸며놓은 정원에 구토라도 한 것 같은 냄새였다.

"젠장, 지금은 19세기인데 빙하기랑 무슨 상관이 있는지 모르겠네."

테이블 너머로 그의 남편 앤서니가 쳐다보았다.

"그런 눈으로 보지 마, 안트."

"그런 눈으로 보는 게 아니야. 난 그냥 당신을 **바라보는** 거야."

"나도 노력 중이야. 난……."

"뱃멀미야." 앤서니가 말했다.

"그런 거야? 타이가 한복판에서 뱃멀미라니 전혀 상상도 못 했네." 블라디미르가 물었다.

"엄밀히 따지면 여긴 타이가는 아니야. 지금 계속 산을 오르고 있어. 곧 있으면 고원에 도착할 거고."

"어디?"

"고원 말이야. 매머드 스텝 지대. 보호구역 중앙에 있는 초원이지. 내가 내준 숙제 안 했구나, 디마."

앤서니는 붉은 커튼을 젖혔다. 객실 내를 비추고 있는 빛밖에 없었다. 창밖은 달조차 보이지 않아 깜깜했다. 그저 자신을 바라보는 자기 얼굴만이 비칠 뿐이었다. 하지만 벌락 트럭 두 대가 비추는 빛이 어둠 속에서 흔들리며 따라오는 것을 보았다.

"뭐, 보호구역은 길 상태가 아주 최악이라던데." 블라디미르가 말했다.

"길이란 건 없어. 그래서 사람보다도 큰 저기압 바퀴로 굴러가는 이런 야수들이 필요한 거고. 이 트럭들이 여길 육상으로 갈 수 있는 거의 유일한 교통수단이거든." 앤서니가 대답했다.

"여기 나오기 전에 관련 영상을 많이 봤구나."

"한 백 번은 봤나. 거기다 수륙양용이라고."

"그런 것 같아. 아니, 나까지 수륙양용이 된 기분이야."

앤서니는 다시 블라디미르를 쳐다보았다.

"지금 그 눈빛 뭔지 알아. 지금 당신이 무슨 생각을 하는지 정확히 알고 있다고. 우리 조상들이 살던 땅이다. 이 땅과 연결된 뭔가를 느끼고 경험해야 한다. 내 뿌리를 찾아왔으니, 뭐라도 느낄 것이다. 뭐 이런 거잖아. 나도 알아. 그런데 난 그러지 못하니 기분이 언짢아. 왜냐하면 나도 같은 걸 느끼고 싶으니까. 전에 붉은 광장에 관해 이야기했을 때도 그래. 난 그때 뭔가를 느껴야 한다고 나 자신을 거의 압박할 정도였다고. 함께 연결되어 있다는 어떤 전율 같은 것 말이야. 하지만 그러지 못했어. 솔직히 왜 그래야 해? 그건 그냥 너무 주관적이잖아. 난 이런 데는 생전 처음이야. 난 런던에서 태어났어. 그리고 우리 조부모는 모스크바에서 **달아났어.** 그분들은 쫓겨난 거나 마찬가지야. 그 나라가 우리 조부모에게 무슨 딱지를 붙였지? **로비스트.** 뭐 때문에? 갈라진 입술과 입천장을 붙여주려고 서양 기부자들이 자금을 대준 비영리단체를 운영했다는 이유로. 그러니까 내 말은, 젠장. 언청이들을 고쳐주려고 말이야. 그게 어떻게 나라를 뒤엎을 수 있다는 거야? 이 나라 사람들은 제정신이 아니야. 런던은 무려 20년 동안? 여기에 대사관조차도 두지 않았다고." 블라디미르가 말했다.

"25년이야."

"한 세기의 4분의 1이지. 내 반평생보다도 더 오랫동안이라고, 안트."

"난 그저……."

"아직 안 끝났어." 블라디미르가 테이블 너머로 앤서니의 손을 맞잡았다. "난 괜찮아. 이게 너에게 아주 큰 의미인 것도 알아. 그리고 정말 흥미로워. 모험이라니. 그리고 이게 다 얼마나 들지…….”

“돈이 문제가 아니야.”

“알아. 하지만 고작 뚱해 있다가 화장실에 들어가서 다 토해버리는 데 쓰기에는 엄청난 돈이지. 그리고, 당신이 알았으면 하는 게 있어. 난 뚱해 있는 게 아니야. 그저 여기까지 오니 기분이 이상할 뿐이라고. 모스크바까지 와서, 특히 이 여행. 다들, 마치 우리가 외계인이라도 된다는 듯이 쳐다보는 것 같다고. 그중 절반은 우리를 혐오한다는 듯이 노려봤어. 그리고 나머지 절반은 우리가 두렵다는 듯이 쳐다봤고. 우리 가까이라도 오면 무슨 독성 가스라도 흡입할 것처럼 말이야. 그러니까 우리 조부모가 생각났어. 그때가 내가 유일하게 연결성을 느낀 때야. 그분들은 달아나는 데 성공하기 전에 정확히 이렇게 보였을 거야. 우리 할아버지는 심지어 러시아에 관한 **이야기는 꺼내지도 않으셨어.** 누가 그 이야기를 하려고 하면 그저 자리에서 일어나 방에서 나가셨다고.”

“여기 오니까 많은 게 기억났네.”

“그래……. 하지만 **내** 기억은 아니지. 그분들의 기억을 떠올린 거야. 그러니까, 모스크바에서는 무덤이라도 건드린 것 같달까. 차라리 여기 나오니까 낫다.”

“왜?”

“왜냐면 우리 조부모는 도시 사람들이었거든. 모스크바 사람들은 절대 이런 데 발을 들이지 않아. 내가 어렸을 때는 과연 내가 어디서 왔는가에 대한 환상을 이만큼 품고 있었거든. 양파형 돔 건물이랑 교회 종탑이랑 숲을 가로지르며 타는 썰매들로 머릿속이 꽉 차 있었으니까. 한번은 할아버지에게 진짜 곰을 본 적이 있는지 여쭤봤어. 그런데 뭐라고 하신 줄 알아? ‘내가 본 유일한 곰들은 모두 새빌 거리*에서 맞춘 값비싼 정장을 입고 네 목숨값보다 비싼 타이를 매고 있었단다. 하지만 네가 숲에서 만날 진짜 곰들보다 훨씬 더 극악무도했지.’”

“와. 나도 한번 만나보고 싶네.”

“할아버지가 돌아가셨으니 망정이지, 안트, 네가 날 여기에 데려온 걸 아시면 아주 분노하셨을 테니까. 정말 진심으로 말이야.”

그때 벌락이 휘청거리며 멈춰 섰다. 그들은 평지에 있

---

* 영국 런던에 있는 고급 양복점이 많은 거리.

었다.

"그래도 이제 좀 나아지고 있다고 들었어. 새 대통령은 개혁가 기질도 있대." 앤서니는 말했다.

블라디미르는 젖혀진 커튼 뒤로 어둠 속에서 흔들리는 손전등 불빛을 보았다. 두꺼운 유리 너머로 러시아어가 들렸다. 벌락의 전조등에 비친 회색빛 광이 나는 스텝 초원은 마치 에칭용 바늘로 지구 표면을 긁어놓은 것처럼 그저 고요하기만 했다.

저기 어딘가에 매머드들이 있다. 다시 이 풍경 속으로 들어온 진짜 야생 매머드.

"정말? 새 대통령이 개혁가래? 난 그 사람이 **옛날 대통령**이라는 소문을 들었거든. 전 대통령이 미치기 전에 그 의식체mind를 복사해두었다가 새로운 육신에 다시 내려받았다고 말이야. 그 새로운 육신은 러시아 정부가…… 무슨 커다란 통에서 키웠다고 하던데."

"그런 말도 안 되는 소리는 처음 들어, 디마. 도대체 누구랑 대화하는 거야?"

"새 대통령이 어디 출신이지? 아무도 이 남자가 어디서 왔는지 들은 적이 없어. 그러다가 지구상에서 가장 강한 나라들을 다스리겠다고 갑자기 나타났단 말이야.”

밖에서 나머지 벌락 두 대가 이동하며 총 세 대가 그리스 델타 기호 모양으로 주차되었다. 방어 태세를 단단히 굳힌 형태였다.

앤서니는 어둠 속에서 불타오르는 화살이 호를 그리며 날아오는 상상을 하고는 웃었다.

“웃네. 그런데 정말 그 사람 제대로 본 적 있어? 마담 투소에서 나온 밀랍 인형처럼 생겼다니까. 막 일어나서 걸어 다니기 시작한 마네킹 말이야.”

“요즘엔 다들 그렇게 생겼어. 그래도 어쨌든, 그건 말도 안 돼. 게다가 전 대통령도 밀랍 인형처럼 생기긴 매한가지였어.”

“그건 맞아!”

“디마, 세상의 모든 정치인은 밀랍 인형처럼 생겼어. 당신 점점 피해망상적으로 가는 것 같아. 내가 사업 때문에 출장 간 사이에 도대체 누구랑 어울린 거야?”

“안트, 여기 이 어둠 속 어딘가에는 **매머드들이** 있어. **매머드들이** 돌아다니고 있다고. 신만이 모든 걸 알고 있겠지. 우리는 뭐든 가능한 세상에 살고 있잖아.”

그들은 벽락으로 오르는 사다리에서 발소리를 듣고는 대화를 멈추었다. 곧 객실 뒷문이 열렸다.

문간에 서 있는 남자는 노르웨이식 사냥 재킷을 입고 있었고, 밤공기가 그와 함께 들이쳤다. 기온은 겨우 영상 몇 도일 뿐이었는데도 맨머리였다.

"안녕하세요, 신사분들. 저는 알마스 아슬라노프 박사입니다. 여기가 제가 관리하는 국립 보호구역이고요. 당신들을 초대할 수 있게 되어 무척 영광입니다."

5

다미라는 깨어날 때의 그 느낌을 잊을 수가 없었다. 그 공포. 의식이 깨기는 했으나 움직일 수도, 말할 수도, 눈을 뜰 수도 없었다. 마치 수면 마비 상태 같았다. 일생에 딱 두 번 경험한 적이 있었다. 한 번은 어렸을 때 톰스크의 침실에서, 그리고 또 한 번은 학생일 때 상트페테르부르크에서다. 하지만 이번 건 훨씬 심했다. 다미라는 두 눈과 두 손, 신체 그 어느 부위도 어디에 **자리 잡고** 있는지조차 제대로 감지할 수가 없었다. 지금 어디에 있지? 무슨 일이 일어난 거지? **언제**지? 빛은 어디에 있지?

"다미라 키스마툴리나 박사님?"

모르는 목소리였다. 다미라는 말을 하기 위한 근육을 찾아보며 대답하려고 애썼다. 아무 근육이라도 느끼고 싶었다. 그러나 아무것도 느끼지 못했다.

"커넥톰*은 연결되어 있는데, 이제야 조금 제 기능을 하네요. 이제 꽤 많은 혼란이 올 거예요."

또 다른 목소리가 들렸다. 하지만 다미라는 목소리들을 **듣고 있는 게** 아니었다. 마치 청각 따위는 필요 없도록 어떻게든 그녀의 의식체에 **직접 기록해놓은** 것 같았다. 의식 속에서 막 나타난 것처럼. 그러니까 다미라를 둘러싼 이 공허함에서…… 아니, 둘러쌌다는 표현도 맞지 않는다. 그녀 **자체인** 공허함에서.

'저 여기 있어요.' 다미라는 생각했다.

"이제 나왔네요. 응답할 수 있어요." 두 번째 목소리가 말했다.

"다행이군." 첫 번째 목소리가 대답했다.

"다미라, 나는 알마스 아슬라노프 박사요. 우린 당신을 들을 수 있어요. 서로 소통할 수 있다는 말이지요. 당신은 그저 방금 한 것처럼 말하고 싶은 단어를 마음속으로 떠올리면 됩니다. 생각하는 거죠."

---

* 신경망을 도식화하는 것.

"이렇게요?" 그리고 다미라는 방 어디에선가 어떤 목소리를 들었다고 생각했다. 터미널에서 흘러나오는 목소리가 전파 방해 소음과 뒤섞여 울렸다.

"맞아요, 그렇게요. 지금 무척 혼란스러울 거라는 걸 알아요. 그리고 내가 지금부터 해줄 이야기는 더 힘들 수 있어요. 하지만 지금 시간이 별로 없는 데다가 당신이 결정해줬으면 하는 게 있어요. 아마 지금까지 당신이 내려본 결정 중에 가장 중요하면서도 어려울 거예요. 시간을 많이 줄 수도 없는 데다가, 끔찍하고 지독한 조건 속에서 내려야 할 테니까요. 내가 줄 수 있는 모든 정보는 줄 거예요. 그리고 당신이 결심하기를 기다릴 거요. 그리고 당신이 뭘 결정하든, 우린 그걸 존중할 겁니다. 우리라고 당신이 뭘 해야 한다고 강요할 수도 없어요. 그저 당신이 할 수 있을지 묻는 것 외에는요. 하지만 지금 말해주고 싶은 건…… 수많은 삶이 오늘 당신이 여기서 내릴 선택에 달려 있다는 거예요. 모두 이해가 가나요?"

"여기가 어디예요? 오늘은 몇 월 며칠이죠?"

"좋은 질문입니다. 처음부터 시작하죠."

"하고 싶지 않을 수도 있어요. 저희가 봐도 무척……

감당하기 어려울 수 있다고 생각하니까요." 두 번째 목소리가 말했다.

"나도 거짓으로 이 관계를 시작하진 않을 거야. 이 부분이 쉽지 않을 테지만 앞으로 더 힘든 게 더 많이 있을 테니까."

"알려주세요." 다미라가 말했다. 그러니까, 인간이 느끼는 감정은 싹 빠지고 컴퓨터로 변조된 목소리로 말이다.

"만약 저에게 무슨 일이 생긴 거라면, 만약 제가 마비되었거나……. 뭐가 됐든 간에요. 알려주세요."

"좋아요. 제가 당신에 관한 모든 자료를 읽어본 결과 그게 바로 당신이 원하는 것이라고 이해했어요. 당신은 그야말로 믿기 힘들 정도로 용감한 삶을 살아왔죠. 밀렵꾼들과 정부와 국제 카르텔과 싸우며 아프리카에 남은 마지막 야생 코끼리들을 구하려고 했어요. 그 누구도 코끼리들 때문에 당신처럼 열심히 싸우진 않았어요." 아슬라노프 박사가 말했다.

"많은 사람이 저처럼 그들을 구하려고 싸웠어요. 수천 명에 달하는 사람이 그들을 구하기 위해 저처럼 싸웠다고요." **무사, 와무군다…….**

“그 단어들은 뭐였지?” 아슬라노프 박사가 물었다.

“이름들 같아요.” 두 번째 목소리가 대답했다.

생각하는 것과 말하는 것에는 아무런 차이가 없었다.

다미라는 그 컴퓨터로 변조된 목소리, 자기 목소리를 들으며 계속 말했다.

“생각하는 것과 말하는 것에 차이가 없네요. 무사. 와무군다. 그저 두 사람의 이름이에요. 케냐에서 저와 가장 가까웠던 친구들이죠. 하지만 그 외에도 저처럼 많은 이들이 함께 싸웠어요. 저는 그중에서도 당신처럼 생기고, 러시아어를 할 줄 알았던 한 명이었고요.”

빨리 와. 와무군다가 죽었어.

다미라는 공포에 휩싸였다. 그런데 이상했다. 공포라는 감정, 신체적으로 느끼는 감각은 없었다. 그 대신 갑자기 몰아치는 파도에 기억들이 흩어지는 기분이었다.

“저에게 무슨 일이 일어난 건지 말해주세요.”

“다미라 키스마툴리나 박사님, 당신은 살해당했어요.”

“다쳤다는 말이군요. 그래서 지금 병원이고요.”

“아니요. 당신은 **살해당했어요.** 밀렵꾼 무리에게요. 당신네 캠프는 공격당했어요. 당신까지 일곱 명이 있었지요. 밀렵꾼들은 다른 이들을 총으로 쐈어요. 하지만 당신 만큼은 표본으로 남겨두고 싶어 했어요. 그래서 마체테 로 난도질해 죽였습니다. 그들은 자기네들과 그만 싸우 라고 경고하는 의미로 당신 머리를 잘라 대통령에게 보 냈어요. 대통령은 그 대신 당신의 죽음을 오히려 단합 구 호로 사용하려고 했지요. 당신을 순교자로 만들려고 한 거예요. 그는 UN에 가서 당신이 성인이라도 된다는 듯 이, 밀렵꾼과의 싸움을 상징한다는 듯한 연설을 했어요. 하지만 그도 곧 죽었지요. 6개월 후에 암살당했거든요.”

“이게 어떻게 가능해요? 전 모스크바에 있었는데요. 아직 케냐로 돌아가기 전이었고⋯⋯.”

“당신 기억이요. 지금 당신의 기억은 여기 모스크바에 서 끝나지요. 당신의 의식체를 업로드한 날까지요.”

“다 말도 안 돼요.” 다시, 겁에 질렸으나 신체적으로는 아무것도 느끼지 못하고 산산조각 난 머릿속 때문에 혼 란스러웠다. 커다란 바위가 물속에 풍덩 하고 떨어진 것 같았다.

“알아요. 하지만 계속 생각해내야 해요. 당신은 이게 사실이라는 걸 이해하게 될 겁니다. 마지막으로 기억나는 게 뭐죠?"

빨리 와. 와무군다가 죽었어.

"터미널로 메시지를 하나 받았어요. 제 친구가 죽었다는 메시지요. 그리고…… 기억나는 게…… 제가 자리에서 일어서려고 했어요. 연구원이 저더러 자리에 앉으라고 제지했고요. 거의 다 끝났다고 말했어요. 30초면 된다고요. 가만히 앉아 있기가 너무 힘들었어요. 그리고 그 연구원이 책상을 돌아와서는…… 그게 다예요. 그게 제가 마지막으로 기억하는 장면이에요."

"좋아요. 저장된 당신 커넥톰은 당신이 살해당하기 1년 전까지 나타나는군요."

"하지만 저를 다시 불러내기 위해 얼마나 기다린 거예요? 제가 살해당하고 **6개월이 지나** 그 대통령이 암살당했다고 했잖아요."

"맞아요. 이 모든 건 한 세기도 더 전에 일어났어요. 박사님, 우리가 당신을 다시 불러내려는 이유는 당신이 정말 대단한 인물이기 때문이에요. 당신 세대에서 코끼리 행동 연구에 관한 최고 전문가였기도 했지만…… 야생 코끼리들을 기억하는 현존 인간의 유일한 의식체이기 때문이기도 해요. 그들을 아는 유일한 의식체라고요. 물론 우리도 밀렵에서 보호할 수 있었던 개체들, 동물원이나 연구 기관에 있는 코끼리들을 볼 수 있어요. 하지만 포획한 코끼리들이죠. 인간들이 길렀어요. 야생 코끼리랑은 다르죠.”

“우린 실패했군요. 전 실패했어요.”

“당신은 할 수 있는 걸 모두 했어요. 당신 목숨까지 희생하면서요. 하지만 그래요……. 우린 실패했어요. 인류는 실패했지요. 아프리카코끼리들은 당신이 죽고 10년 정도 후에 모두 멸종했으니까요. 아시아코끼리들은 그래도 몇 년 더 살았어요. 얼마 지나지 않아 무장한 사람들이 마지막 코끼리를 찾아 동물원을 공격했고요. 지금 남아 있는 코끼리들은 경비가 엄중한 시설에 있어요. 당신에게 분명 충격적일 거라는 걸 알아요. 그들이 다 사라졌다는 사실을 이제 알았으니까요.”

“아니요. 전 그럴 줄 알았어요. 우리가 밀렵을 멈추지는 못할 거라는 사실을요. 이미 우리가 실패하는 걸 두 눈으로 보고 있었거든요. 그 무엇도 코끼리들을 말살하는 탐욕을 멈출 순 없었으니까요.”

다미라는 그렇게 말하면서도 그게 사실이 아니라는 걸 알았다. 왜인지 모르지만, 밀렵꾼들을 이길 수 있을 것 같다고 생각했었다. 그리고 이제야 깨달았다. 그녀의 마음 속 말들이 산산이 부서지는 것처럼 느껴졌던 건 슬픔 때문이었을 것이다. 음절 하나하나도 흩어지지 않도록 마음을 다잡으려고 애썼다.

"당신은 알았으면서도 계속 싸웠잖아요."

"뭘 더 할 수 있었겠어요?"

"그래서 당신이 필요한 겁니다, 박사님."

"제가 필요하다고요?"

말하면서도 이상했지만 다르게 표현할 길이 없었다.

"저에게서 더 뭐가 필요할까요? 전 죽었어요."

"제 매머드들을 구하는 걸 도와주세요. 할 수 있는 건 다 해봤어요. 유전 부호들도 최대한 다시 봉합해봤고 되돌릴 수 있는 가능한 건 다 접합해서 재구성해보기도 했어요. 매머드 DNA와 코끼리 DNA 사이의 모든 차이, 아시아코끼리에서 갈라진 이후 거의 6백만 년에 걸쳐 유전자에 나타난 모든 변화들까지도요. 우린 미라로 만든 표본에서 찾은 손상된 DNA를 사용해서 조각 하나하나를 차례로 배열해보았어요. 그리고 그 거대한 퍼즐을 완성한 후 아시아코끼리를 대리모로 첫 새끼들을 태어나게 했죠. 하지만 그 배열 순서와 대리모를 이용한 출산 등은 그저 첫 단추일 뿐이었어요. 우린 매머드들을 동물원에 두고 구경거리로 만들고 싶지 않았거든요. 자기만의 서식지에서 살아나가길 바랐어요. 개체 단위가 아니라…… 종種 단위로요. 우리는 그들을 위해 땅을 개간하고 마지막 매머드 스텝을 중심으로 국립 보호구역을 만들었어요. 매머드들이 자유롭게 돌아다니며 번식하고, 어쩌면 잃어버린 생태계를 다시 설립할 수 있도록요.”

“저 대신 제 코끼리들을 데려왔어야 했네요.”

“맞아요. 당신이 무슨 말을 하는지 이해합니다. 정말이에요. 하지만 코끼리들을 데려온다고 해도 풀어놓을 곳은 없었을 거예요. 코끼리들이 사는 세상은 아직도 위험해요. 하지만 시베리아에서라면, 매머드들이 번성할 장소를 제공할 수 있죠. 매머드라는 종 전체가 새로운 삶을 시작할 기회를 줄 수 있어요. 그리고 이 멸종 생물 복원이라는 퍼즐을 풀게 된다면, 정말로 풀게 된다면요……. 그러면 언젠가는 당신의 코끼리들도 불러들여 사바나에 풀어줄 수 있겠죠. 이제 퍼즐을 거의 다 풀어가고 있어요. 충분한 매머드 집단을 다양하게 확보했고요. 고작 한 마리가 아니라 수십 마리를 기르고 있거든요. 변이 DNA 여러 개를 사용했지요. 게다가 그들이 살아갈 수 있는, 보호할 수 있는 장소까지 갖고 있고요. 자유롭게 돌아다닐 수 있어요. 그야말로 평생 작업입니다. 여러 명의 평생이요. 하지만 매머드들은 풀어놓기만 하면 죽어 나가기 시작했어요. 다들 혼란스러운 상태로 돌아다녔어요. 무리를 짓는 데 실패하더군요. 불필요하게 서로를 다치게 하고요. 계절이 세 번 바뀌는 동안 벌써 열세 마리를 잃었어요. 더는 야생에서 새끼가 태어나지도 않았네요.”

“왜요? 뭐가 문제였죠?”

“당신이 야생 코끼리를 연구하며 코끼리와 함께 지냈던 유일한 인간이라고 제가 말씀드렸죠. 정말 그건 사실이에요. 하지만 이렇게 말씀드리는 게 더 맞겠지요. 당신은 코끼리 문화를 아는 유일한 **존재**예요. 마지막 남은 야생 코끼리는 약 반세기 전에 죽었어요. 지금 있는 다른 코끼리들은 대리모들과 마찬가지로 우리가 가둬놓고 기른 거고요. 야생 코끼리 문화는 이제 지구상에서 사라졌습니다. 딱 한 군데, 바로 당신의 의식체 속만 빼고요. 그리고 야생 코끼리 문화야말로 우리가 착수해야 할, 약 8천년 전 마지막 매머드가 멸종되면서 사라진 야생 매머드 문화와 가장 흡사하지요.”

“매머드는 그냥 **사라진 게** 아니에요. 인간들 때문에 멸종으로 내몰린 거예요. 현존하는 다른 모든 거대 동물처럼요.”

“지구온난화나 그들의 생태계 변화 때문이라는 많은 이론이 있죠.”

“그 종들은 온난한 기후마다 살아남았어요. 언제나 피난처를 찾아 숨어 있었지요. 그런데 이번에는 완전히 사라져버렸어요. 왜죠? 우리 모두 그 이유를 알잖아요. 과거와는 다르게 이번엔 우리가 있기 때문이었어요. 우리가 그들을 죽인 거예요. 곰만큼이나 컸던 비버들, 거대한 북미 말들, 그리고 카멜롭스*들도요. 땅늘보**랑 짧은얼굴곰***, 그리고 모아****도 있지요. 더 나열할 수도 있어요……”

분노를 느끼자 다미라는 또다시 생각이 흩어지는 것 같았다. 생각들의 순서나 무게가 혼란스럽게 느껴졌다.

머릿속에서 전율이 일어나자, 모든 논리가 깨져버리는 것 같았다.

"어쩌면 당신 말이 맞겠군요."

"제 말이 맞아요."

"하지만 지금은 우리가 그들을 다시 데려올 기회예요. 거대 동물들은 다시 지구 위를 걸어 다니게 될 겁니다……. 그리고 당신이 그걸 도와줄 테고요."

"거대 동물들이 다시 지구 위를 걸어 다니게 될 수도 있겠죠, 하지만 얼마나 오래요? 당신이 풀어내려는 그 문제, 멸종된 동물들을 어떻게 데려오느냐 하는 문제부터가 잘못되었어요. 멸종은 딱 한 가지 원인밖에 갖고 있지 않아요. 그리고 그 원인은 바퀴를 발명한 때보다도 오래되었고요. 바로 인간의 탐욕이요."

다미라는 자기 목소리가 메아리 되어 돌아오는 걸 들었다. 아슬라노프 박사가 서 있는 그 방 안에서 디지털 특

---

* 약 4백만 년 전부터 1만 2천 년 전까지 북아메리카에 주로 서식하던 거대 낙타.

** 빙하기에 번성했던 거대 나무늘보.

*** 약 260만 년 전부터 1만 2천 년 전까지 북아메리카에 서식하던 초대형 곰.

**** 날지 못하는 거대 새 무리.

유의 거친 소리가 들렸다.

진짜 세상의 방. 살과 피의 방. 공간, 물리적인 공간. 저런 세상에서 몸을 움직일 수 있다면, 신체 조직들이 연결된 걸 느낄 수 있다면 정말 기분이 좋을 텐데. 일어서고 팔을 들고, 앞을 보고, 다시 살 수만 있다면.

"저에게 당신들의 목적을 말씀해주세요. 제게 원하는 거요."

"우리는 당신이 암컷 우두머리가 되어주길 제안합니다. 당신의 의식체를 암컷 매머드에게 옮기길 원해요. 당신이 그들을 이끌게 될 거예요. 매머드로 **살아남는** 법을 가르치는 겁니다. 당신의 지도를 받고 그들은 번창할 거예요."

텐트 안으로 쳐들어간 그녀는 앞다리를 들어 올려 밀렵꾼들을 내려치고 또 내려쳤다. 양옆으로 비틀고 밟아댔다. 다미라는 거대한 자신 아래서 밀렵꾼들의 몸이 부러지고 흩어지고, 함께 있던 작은 가방들도 터지는 걸 느낄 수 있었다. 왜소하고 취약한 남자들은 울부짖었다.

그녀가 자리를 뜨자 다른 매머드들이 몰려왔다. 지붕

을 지지하던 장대들이 다 쓰러진 텐트는 헐거워진 자루일 뿐이었다. 카라는 다리를 올려 계속해서 텐트를 내리쳤다. 엄니에 엉켜버린 텐트를 끌고 갔다. 다른 매머드가 그 위를 밟고 지나갔다가 다시 돌아와 짓밟았다. 그리고 한 번 더, 또 한 번 더 반복했다. 난도질당한 텐트는 이제 평평한 주변 땅과 거의 비슷했고, 웅덩이 같은 얼룩으로 보일 뿐이었다.

그들은 노새 같은 것들을 찾아내 바닥에 내리치고 질질 끌다가 밟았다. 노새 드론은 이음새가 딱딱 부러지며 땅속에 박혔다.

카라는 마지막 남은 노새 곁에 서 있었다. 노새에 묶여 있는 엄니들을 트렁크 끝으로 쓰다듬었다. 코욘과 예케낫의 엄니였다. 카라가 쿡쿡 찌르자, 노새 같은 것이 뒤집어졌다. 또 다른 매머드 테메네가 카라 옆으로 왔다. 트렁크로 엄니들을 만졌다가 입속에 넣어보고는 카라의 옆얼굴을 쓰다듬으며 낮게 으르렁거렸다.

나머지 매머드들이 카라를 둘러섰다. 그러고는 트렁크로 카라의 몸과 얼굴과 귀를 쓰다듬어 주었다. 발로도 카라를 만졌다. 새끼들이 다가와 카라의 털을 잡아당기고 아직 분홍빛을 띠는 트렁크 끝으로 얼굴을 만져주었다. 으르렁거리는 소리가 매머드 무리 앞뒤로 울려 퍼졌다. 다미라는 땅으로부터 뼛속까지 전해지는 진동을 느낄 수 있었다. 무리가 내는 소리는 공중과 지상에서 울렸다. 다미라는 발가락에서부터 뼈를 타고 귀까지 울리는 지진파를 느꼈다. 그러니까 그 소리를 귀로 들었을 뿐만 아니라, 그녀를 통과하며 피와 뼈가 진동하는 걸 느낀 것이다.

함께 느끼는 그 기분. 다미라도 원 안으로 합류했다. 무리는 다미라가 들어올 수 있도록 자리를 내어주고 그녀를 받아들였다. 다미라가 들어가면서 원은 더 커졌다가 다시 자리를 잡았다. 다미라는 트렁크를 들어 올려 카라의 얼굴을 쓰다듬으며 다른 매머드들과 함께 그 슬픔을 나누었다.

다미라가 자리를 뜨기 위해 몸을 돌리자 모두 따라왔다. 카라는 코욘의 향이 남아 있는 잔해에서 코욘을 떠올리느라 조금 뒤처졌다. 다미라도 잠깐은……. 하지만 동시에 죽음의 악취가 진동하는 그곳에서 떠나고 싶기도 했다. 한바탕 난리가 난 뒤, 여기저기 뒤엉킨 훼손된 시체들과 그 속에서 풍겨 나오던 악취 말이다.

6

숨어 있기엔 너무 추웠다. 더는 버틸 수가 없었던 스뱌토슬라프는 플라스티다운 담요를 몸에 두른 그대로 언덕을 기어 내려왔다.

매머드들이 공격할 때 그는 캠프에서 백 미터 정도 떨어진 작은 언덕에서 자고 있었다. 땅이 평평하고 말라 있었기 때문에 그 언덕을 골랐다. 별들을 바라보다가 잠이 들었다. 빛이라고는 조금도 없는 이 풍경 속에서 별들이 어찌나 촘촘하게 떠 있는지, 달빛에조차도 절대 묻히지 않았다. 소년은 별들을 이어가며 배들로 그물을 짜는 것 같은 무역로를 상상했다. 언젠가 봤던 지중해를 가로지르는 무역로가 그려진 고대 지도를 기억했다. 지도에는 해안가 몇 곳과 함께 주로 주요 무역항들 사이를 잇는 선들이 그려져 있었다. 지형이나 바다를 보여주는 지도가 아니라 연결을 보여주는 지도. 소년은 눈앞에 뜬 별들 사이로 바로 그 연결을 보았다. 충분한 집단이 모이고 충분한 에너지와 기술만 있다면 저 거리들보다 더 멀리 뻗은 삶을 살아갈 수 있을 것이다.

소년은 혼자 있을 때 이런 생각을 했다. 아무에게도 털어놓지 않은 지극히 개인적인 생각들이었다. 아버지가 보기에 스뱌토슬라프가 조종하는 드론은 그저 장난감일 뿐이었다. 그러나 스뱌토슬라프에게 그것은 훨씬 더 많은 걸 의미했다. 그는 드론으로 신체라는 제약을 넘어설 수 있었다. 또 다른 위치에서 그의 세상을 바라보았다. 자기 자신과 다른 이들을 훨씬 더 넓은 세상에 박힌 아주 작은 존재로 보았다. 그리고 그 넓은 세상 역시 더 큰 것의 작은 점일 뿐이었다.

소년의 아버지에게는 시베리아가 전부였고 그걸로 충분했다. 그 땅은 무엇을 하든 매우 넓었고 그는 그곳을 누구보다도 잘 알고 있었다. 시베리아를 떠날 생각은 추호도 없었다. 오히려 그 땅을 지배하고 착취하고 사용할 궁리를 했다. 하지만 스뱌토슬라프에게 이 방대함은 그저 점, 네트워크를 연결하는 교점 중 하나일 뿐이었다. 기술을 완벽히 익히면 다른 곳으로 갈 수 있을 것 같았다. 기술은 바깥으로 향하는 광선이었다. 그 광선이 어디로 뻗었는가를 발견하는 순간 그건 다른 점으로 향하는 선분이 된다. 어쩌면 다른 나라 대학교일 수도 있겠다. 그리고 네트워크의 중심점이 된 대학교에서 소년은 더 많은 연결 지점을 볼 수 있을 것이다. 그렇게 가능성이라는 네트워크에 자리한 그만의 장소를 볼 수 있을 것이다. 그 안으로 들어갈 수도 있을 것이다. 이 모든 것에서 벗어나 더 넓은 세상으로 나아갈 수 있도록.

소년의 엄마는 중등학교에서 지리학을 가르쳤다. 소년의 기억이 있기 전부터 엄마는 집에 지도들을 가져와서 어디든 갈 수 있는 경계 없는 세상을 보여주곤 했다. 기록할 수 있는 거라면 그건 진짜였다 어디든 정말로 가볼 수 있을 테다.

소년이 가장 먼저 떠올릴 수 있는 건 지도였다. 작은 주방에 놓인 테이블 앞에서 엄마 무릎에 앉아 있었던 때를 기억했다. 밤이었고, 창밖으로 눈이 내리고 있었다. 소년은 창문 가까이 날아오거나 휘몰아치는 바람을 타고 유리창에 달라붙는 눈송이를 볼 수 있었다. 거리 가로등의 헤일로에 내려앉는 눈을 볼 수 있었다. 어둠 속에서 동그랗게 소용돌이치는 태양계처럼 보였다. 엄마는 두 팔로 소년을 둘러 안고 아주 부드럽게 노래를 불렀다. 테이블 위에는 공책과 파란색 펜과 책이 놓여 있었다. 펼쳐진 책에 지도가 그려져 있었다. 엄마는 필기를 멈추고 지도 위의 한 곳을 가리켰다. 장화 모양인 이탈리아 맨 끝에 붙은 섬이었다.

"여기는 시칠리아야. 언젠가 우리도 여기에 갈 수 있을 거야." 엄마는 손가락을 움직이며 말을 이었다.

"아니면 여기에 가볼 수도 있지. 여긴 코르시카야."

"코르시카요?"

"그래, 맞아."

"거기까지 어떻게 가요?"

"기차를 타다가 비행기도 타고, 어쩌면 배도 탈 수 있겠구나. 가는 방법은 많아."

"언제 갈까요?"

"우리에게 달렸지."

소년은 이 추억을 잃을까 두려웠다. 마치 주머니에 열

쇠가 잘 있는지 확인하는 사람처럼 자주 이 추억을 꺼내 들여다보았다. 이미 엄마에 관한 추억을 많이 잊어버렸다. 엄마가 돌아가신 날로부터 점점 멀어질수록 엄마 기억도 점점 흐려졌다. 그래서 소년은 이 추억을 '코르시카'라고 이름을 붙여 마음속에 간직했다. 그리고 엄마에 관한, 때로는 지도나 지도에 관해 이야기하는 엄마에 관한 기억에도 이름을 붙였다. 아스트라한, 콜키스, 와한, 곤드와나 대륙, 아시가바트, 키클라데스, 알케불란, 테베……

그러나 이제는 잊어버린 추억이 더 많았다. 평범하지 않고 오직 색다른 것만 기억할 수 있었기 때문이다. 그런데 요즘엔 그 기준을 세울 수가 없었다. 잔잔한 수면을 지긋이 바라보듯 하기엔 기억들은 너무 흔들렸다. 소년 역시 이미 거의 모든 걸 잊어버렸고 기억 속 엄마 얼굴도 진짜 엄마 얼굴과 거의 닮지 않았다. 세밀한 부분들이 사라지고 있었다.

진동을 느낀 스뱌토슬라프는 잠에서 깼다. 누군가 소리를 질렀다. 그는 본능적으로 자리에서 일어서지 않고 잔디에 딱 붙어 있었다. 그리고 캠프가 보이는 곳으로 기어갔다.

달빛 없는 어둠 속에서 매머드들은 하늘이 찢겨 나간 구멍처럼 보였다. 마치 별들마저 사라진 빈자리처럼. 텐트는 땅 위에 납작하게 눌려 있었다. 매머드 한 마리가 엄니로 널브러진 텐트 천을 질질 끌었다. 그 안에서 뭐가 움직이고 있었다고 해도 소년은 차마 보지 못했을 것이다. 또 다른 매머드가 그 위를 걸어 원을 그리며 돌더니 발아래를 힘껏 밟아댔다.

아무리 스뱌토슬라프가 두려움을 느껴본 게 지금이 처음은 아니라지만, 이 정도는 아니었다. 두려움이라는 꽉 찬 무게가 그를 땅속으로 밀어 넣었다. 어찌나 센 힘인지 땅 아래에 영원히 묻힐 것만 같은 기분이었다.

엥가와 함께 얼어붙은 지하 세계로.

텐트 안에서 누군가 신음하는 소리가 났다. 매머드가 발로 내리밟을 때, 마치 나뭇가지들이 부러지는 듯한 소리가 났다. 소년은 그게 무슨 소리인지 알았다. 두 손으로 머리를 감싸며 잔디 아래로 얼굴을 묻었다. 아무런 소리도 내지 않았으나 매머드들이 그의 심장박동, 몸속에서 치솟는 피의 소리를 들을까 봐 겁이 났다. 매머드들이 노새 드론을 향해 움직이는 소리가 나더니 이어 금속이 뒤틀리고 이음새가 부러지는 소리가 났다. 그리고 매머드들이 소리를 냈다. 서로에게 **이야기하는** 것이었다. 울음소리가 대기를 타고 공중으로, 땅 밑에서부터 지상으로 소년의 피와 뼈를 타고 울려왔다.

오랫동안, 시간이 얼마나 흘렀는지도 모른 채 누워 있었다. 매머드들이 완전히 자리를 뜬 걸 알았으면서도 소년은 차마 관절을 풀어 움직일 엄두도 내지 못했다. 한 시간 정도 그렇게 누워 있으니 밤 서리가 내렸고 몸이 덜덜 떨리기 시작했다.

그제야 소년은 몸을 움직였다. 손과 손가락, 그리고 나머지 몸을 움직였다. 플라스티다운 담요를 두르고 일어서 언덕 아래로 내려갔다.

몸을 움직이자 생각도 깨어났다. 다들 죽었지만, 소년은 살았다. 가서 물건들을 챙겨야 했다. 비축해둔 음식과 비상 텐트, 침낭을 가져와야 했다. 여기서 나갈 방법을 찾아야 했다. 며칠이 걸릴 것이다. 매머드의 눈에 띄지 않고 빠져나가야 했다. 이런 생각들이 소년의 머릿속에서 죽음을 몰아냈다. 사냥꾼들의 죽음, 아버지의 죽음, 심지어 자기가 죽을 수도 있었다는 것까지도.

그는 자유였다.

그렇게 생각한 소년은 깜짝 놀랐다. 그런 생각은 내면으로부터가 아닌 하늘의 별들에게서 내려온 것 같았다.

자유. 이곳에서 걸어 나가면 소년은 완전히 혼자가 될 것이다. 아버지도, 엄마도, 집도. 원한다면 이름도 없이 살 수 있을 것이다. 모든 게 망가졌다. 모든 게. 그 말은 곧 뭐든 할 수 있다는 뜻이기도 했다. 소년은 그저 여기서 살아남아 나가기만 하면 되었다.

땅 위에 납작하게 두드려 펴진 채 심히 훼손된 텐트에서 피와 배설물, 죽음의 냄새가 퍼져 나왔다. 스뱌토슬라프는 그 앞에서 무릎을 꿇었다.

죽었다. 아버지와, 다른 이들이. 학살당했다.

"일어나거라."

소년은 고개를 돌렸다. 별들 아래 서서 조롱하는 듯한 미소를 짓는 아버지를 보게 되리라고 기대했다. 그러면 아마도 이 꿈에서 깨어날 수 있을 것이다.

뮤세나였다. 캠프에 얇게 내린 서리 위로 짙은 구멍들, 잔디를 가로질러 온 발자국이 보였다.

"일어나. 할 일이 많다. 음식이랑 멀쩡한 무기들을 챙겨야 해. 난 고칠 만한 노새 드론이 있는지 봐야겠다. 저 엄니들을 우리가 직접 나르지 않을 수 있게……."

스뱌토슬라프는 엄니를 까맣게 잊고 있었다.

"이 땅은 우리의 애도를 기다려주지 않아. 그저 다른 죽은 이들처럼 땅속으로 데려갈 거야. 지금 이러고 있을 시간 없어. 매머드들이 돌아올 수도 있으니까."

텐트……. 텐트가 추위 속에서 김을 뿜어내고 있었다. 안에 있는 시신들에서 나오는 열이었다.

"저들을 도와야죠. 어쩌면 한 명 정도는 아직……."

"아니. 아무도 살아 있지 않아, 소년아. 누가 살아 있다고 해도 오래가지는 못할 거다. 어쨌든 난 저 안에 들어가서 우리가 가져올 수 있는 게 뭐가 있는지 봐야겠다." 뮤세나는 벨트에서 칼을 꺼내 텐트를 찢기 시작했다. 그저 사슴 내장을 꺼내려는 사람으로밖에 보이지 않았다.

"가서 엄니들을 실어놓은 드론을 똑바로 세울 수 있을지 봐라. 그래도 덜 박살 난 것 같더라. 난 여길 좀 챙길게."

"그런데 어떻게 빠져나와 있었어요?"

"시르티아*가 땅속에서 구멍을 파고 올라와 날 깨웠어.
그리고 어둠 속으로 도망가라고 하더군."
스뱌토슬라프가 멍하게 뮤세나를 바라보았다.
"농담이야, 애야. 그저 운이 좋았던 것뿐이지."

7

"이해가 안 가는군요. 여긴 당신네 보호구역이잖아요. 당신네 매머드들이고요. 왜 GPS를 사용해서 그들의 위치를 찾지 않는 거죠? 이렇게 찾는 것보다 훨씬 쉬울 텐데요." 블라디미르가 물었다.

아슬라노프 박사는 막 스크램블드에그를 조금 입에 넣었다. 입안 음식물을 모두 씹는 동안 고개를 젓더니 대답했다.

"매머드들에 GPS 추적기를 달아두지 않았어요."

"어떻게 그럴 수가 있어요? 그러니까, **당신이 키우는 매머드들이 어디에 있는지 모르고 있단 말인가요?**"

아슬라노프 박사는 다시 고개를 저었다.

"네. 몰라요. 그런데 그게 맞는 거더라고요. 우리 인간들은 멸종한 아프리카코끼리와 아시아코끼리에게서 큰 가르침을 배웠거든요, 그중 하나가 바로 디지털 정보예요. 만약 당신이 무언가에 접근할 수 있다면 밀렵꾼도 그럴 수 있다는 뜻이에요. 카르텔은 당신이 발명할 수 있는 모든 암호화를 따라잡을 수 있어요. 야생 아프리카코끼리가 마지막으로 살았던 보츠와나에서 공원 관리인들은 도대체 밀렵꾼들이 어떻게 코끼리들을 찾아내는지 알아낼 수가 없었죠. 그런데 알고 보니 밀렵꾼들을 뒤에서 돕고 있던 카르텔이 GPS 시스템에 침투하고 심지어 드론 피드, 관리인들이 쓰는 암호화된 통신, 게다가 마지막 코끼리 무리의 이동 경로를 지도화하던 UN 위성, 코끼리 보호를 위해 일하던 모든 NGO의 통신까지 해킹하고 있었더군요. 그들은 시스템을 역이용했어요. 코끼리들을 도우려던 모든 과학 기술이 오히려 그들을 죽음으로 몰고 간 거죠. 결국 과로로 죽지 않았을 뿐 아무 지원도 제대로 받지 못한 공원 관리인들도…… 다 포기했고요. 마지막 남은 이들은 라이플을 내려놓고 다 사라졌어요. 여기선 그런 일이 일어나지 않을 거예요. 우리를 보호하는 건 이 방대한 장소니까요. 서로 아주 멀리 떨어져 있다는 사실 말이죠. 심지어 이 보호구역을 가로지르기 위해서는 타이가와 스텝을 수백 킬로미터 건너야 해요. 길도 없어요. 우리가 몇 개 있지도 않은 길조차 다 없애버렸거든요."

"공원 관리인들도 없고요?"

"있긴 있는데…… 거의 없죠. 말을 타고 정찰해요. 보호구역의 보안은 옛 방식으로 진행되고 있어요. 전제주의식으로요."

"무슨 말인지 모르겠네요." 앤서니가 말했다. 앤서니는 왁스를 입힌 천 재킷을 입고 접이식 캠핑 스툴에 앉아 달걀을 먹고 있었다. 걱정 없이 아주 편안해 보였다. 하지만 블라디미르는 그렇지 않았다. 포크로 달걀을 먹을 때마다 아직도 흔들리는 벌락 객실에 앉아 있는 것 같아 속이 메스꺼워지는 걸 참아야 했다.

그러나 이곳은 아름다웠다. 담황색 새벽빛이 밝아오더니 갑자기 나타난 햇살이 서리를 녹여 오르락내리락하는 고원 위로 연무를 흩뿌렸다.

"그래요……. 그것도 무슨 말인지 모르겠네요. 전제주의식이라니 그건 무슨 뜻이죠?"

“정보원. 제보자들이요. 마을이나 도시의 현지인들에게 돈을 주고 정보를 사는 거지요. 소문을요. 보호구역에 대한 이야기를 하는 사람들, 들어가서는 안 되는 곳에 들어가는 걸 본 사람들에 관한 소문 같은 거죠. 혹시라도 진짜 여길 들어오려고 하는 사람이 있다면 우리가 바로 알 수 있게 꽤 많은 돈을 지급했어요. 그들의 가족 중 한 명이나 카페에서 우연히 엿들은 사람이 직접 고발할 수 있도록요.”

“그 방식이 먹히던가요?” 블라디미르가 물었다.

“옛날 방식이 가장 잘 먹히지요. 정보원 시스템은 기술이 만들어낼 수 있는 것 중에서 가장 실패할 염려가 없답니다. 당신이 알 만한 러시아 속담 두 개가 있잖아요.” 아슬라노프 박사는 손을 들어 올려 엄지와 검지만을 내세우며 말했다.

“하나, ‘술고래가 한 이야기는 술에 취하지 않은 사람의 비밀이다.’ 둘, ‘놈아에게 비밀을 털어놓아라, 그러면 그는 말할 것이다.’ 둘 다 속담 그 이상이죠. 진실이라고 볼 수 있어요. 제보자 시스템은 당신이 결과를 얻을 수 있는 거의 확실한 방법이지요. 우리는 밀렵꾼들을 기다리는 끔찍한 기술에 관한 소문을 퍼뜨립니다. 인간의 페로몬을 감지하고 작동하는 땅 지뢰, DNA를 따라가는 총알, 당신의 머리를 빨간 분무로 만들어버릴 호박벌만 한 크기의 자살 드론에 관한 소문이요. 그리고 제가 가장 마음에 들어 하는, 고속열차만큼이나 빨리 달릴 수 있는 로봇으로 만든 동굴사자* 소문도 있고요. 공포심을 불러일으키는 거라면 뭐든 만들어내는 거죠. 이것이 차르의 동전의 또 다른 면이에요. 정보를 수집할 뿐만 아니라 허위 정보를 확산시키기도 하는 거예요. 두 가지 면이 간단하고 효율적인 통제 방식을 만들어내죠.”

“마지막 차르가 가족들이랑 지하실에서 기관총에 맞았던 것 같은데.” 앤서니가 말했다.

아슬라노프 박사가 으쓱거리며 말을 이었다.

“결국 모든 시스템은 붕괴하기 마련이죠. 그래도 전 그전에 매머드들이 태평양에서 대서양까지 광활하게 뻗은 스텝 지대에서 자유롭게 떠도는 걸 볼 수 있길 바라요. 그들의 귀환은 그저 어떤 털북숭이 코끼리가 돌아왔다는

---

* 빙하기에 아시아, 유럽, 북아메리카에 서식한 거대 고양잇과 동물.

것 이상으로, 생태계 전체가 돌아왔다는 뜻이니까요. 매머드들은 잎을 따먹으면서 숲을 밀어내고 스텝 지대에 잔디가 더 자라도록 도와요. 겨울이 되면 얼어 있는 땅에서 잔디를 찾느라 위에 쌓인 눈을 밀어내고, 땅을 태양 아래로 드러내 영구동토가 되는 걸 방지해줘요. 그야말로 좀 더 회복력이 강한 세상을 지어내는 거랍니다. 매머드들은 인간이 파괴한 세상을 어느 정도 복구하는 데 기여하고 있는 거예요.”

“그런데 당신은 그들을 쏘기 위해 사람들을 데려왔잖아요.” 블라디미르가 말했다.

안내인 한 명이 또 다른 스크램블드에그 팬을 가져왔다. 블라디미르는 이제야 다시 식욕이 돌아오는 걸 느꼈다. 그러니 생각했던 것보다 훨씬 더 배가 고파졌다. 아마고도 때문이었을 것이다.

“네.”

“사람들이 매머드를 사냥하지 못하도록 이렇게나 투자하고 나서요.”

“네.”

“블라디미르의 태도가 좀 언짢으시다면, 제가 사과드

리죠. 원래 저렇답니다. 딱히 반응할 것도 없어요. 저런 말과 행동을 그만두게 하려고 시도했다가는 상황이 더 안 좋아지기만 하거든요.” 앤서니가 말했다.

“괜찮습니다. 제 동료들과 제가 서로 소통하는 방식과 같거든요. 우린 언제나 서로 논쟁하죠. 논쟁 없이 어떻게 대화를 이끌어갈 수 있을지도 잘 모르겠고요. 그래서 우리는 농담으로 우리를 ‘멸종하지 않을 사람들’이라고 부른답니다. 논쟁이야말로 진짜 과학적인 절차거든요.”

블라디미르는 달걀을 다 먹고 입을 열었다.

“대답을 피하려고 한다 이거지, 둘 다. 잊지 않겠어.”

“정말로 절대 잊지 않더라고요. 정말이에요. 그저 당신이 답을 할 때까지 계속 물어볼 테니까요.” 앤서니가 말했다.

“대답하는 건 어렵지 않아요. 정말 좋은 질문이죠. 우리는 밀렵꾼들이 가까이 다가오지 못하게 하고 있어요. 어렵게 키워낸 매머드들을 재빨리 없애버릴 테니까요. 이제 몇백 마리밖에 남아 있지 않아요. 상아는 야생에서 사라졌어요. 아시아와 아프리카에서는 코끼리의 발이랑 가죽까지도 상품화가 돼서 엄니가 없는 코끼리들까지도 다른 동료들과 같은 운명을 맞이하게 되었어요. 북극에서는 영구동토의 매머드 엄니를 뽑아내는 사업이 결국 불법화되었고요. 환경파괴가 너무 심했거든요. 엄니 사냥꾼들이 고압 호스를 사용해 강둑에 물을 뿌려대서 토사를 가득 채웠어요. 상아 가격이 오른 뒤로 그런 사냥꾼들은 수천 명이 넘었죠. 불법이 되었는데도 가격은 계속 치솟았지요. 그런 사람들이 이곳에 들어오기 시작하면 상아 전쟁은 다시 시작될 겁니다."

"그건 답이 안 돼요." 블라디미르가 말했다.

"네. 그 배경이 그렇다고요. 답은 언제나 같아요. 바로 돈이죠. 정부는 보호구역이 자립할 수 있길 바라요. 그 말은 수익을 내야 한다는 뜻이거든요. 아직 매머드들의 포식자는 없어요. 새끼들을 노리는 스텝 늑대나 동굴사자, 거대한 동굴곰들을 데려다놓지 않았거든요. 그들은 우리가 털북숭이 코뿔소들을 데려오려고 노력하는 동안 카리부*나 들소들하고만 범위를 공유해요. 그러니까 일부 수컷만을 사냥할 수 있는 제한적이고 통제된 공간인 거지

---

* 북아메리카 순록.

요."

"그게 어떻게 그만한 가치가 있는지는 모르겠지만, 아무래도 앤서니가 이 특권을 누리기 위해 돈을 얼마나 썼는지는 말해주지 않겠다는 걸로 이해하겠소." 블라디미르가 말했다.

그러고는 사냥 재킷을 입고 포크로 마지막 남은 달걀을 싹싹 긁어먹는 앤서니를 바라보았다.

"얼마였어?"

"비밀 경매가 있었어, 디마. 우리 몇 명이 그 특권에 입찰했고."

"얼마였는데?"

"이 보호구역을 꽤 오랫동안 운영할 수 있을 정도랍니다. 제가 은퇴한 뒤에도 이곳에 사는 매머드들이 계속 보호받을 수 있을 정도로 충분하지요." 아슬라노프 박사가 말했다.

"그게 얼만데요?"

앤서니는 어깨를 으쓱했다.

"내 연 수입 정도야."

"이럴 수가. 그건……."

앤서니가 끼어들었다.

"작은 나라들 GDP와 비교하는 건 자제해줘."

하얀색 테이블보를 알루미늄 테에 고정한 아침 식사 테이블은 벌락 세 대가 만든 삼각형 바로 바깥쪽에 설치되어 있었다. 테이블 앞에는 수 킬로미터에 달하는 고원이 보였고, 아주 멀리 떨어져 있어 매우 높을 수도 있고 혹은 낮고 훨씬 더 가깝게 있을 수도 있는 산맥을 향해 펼쳐져 있었다. 햇빛을 받은 고원은 거의 주황색을 띠었으며 산에 쌓인 눈가루는 분홍색으로 반사되었다.

이제 질문은 사냥이라는 주제로 옮겨져서, 블라디미르는 주의를 반쯤 기울인 채 그 사냥을 왜 하는지에 대해 논쟁하고 있었다. 그리고 그는 앤서니를 잘 알았다. 인간이라면 누구나 남들에게는 드러내지 않는 자기 안의 어떤 부분을 가지고 있다. 언젠가 다녀온, 이방인이나 친구, 친척들은 들이지 않는 어둠의 장소 같은 것 말이다. 앤서니가 숨기려는 것은 웬만한 것보다 대단했고, 특히 사냥은 그 핵심에 있었다.

블라디미르는 원한다면 그에 관한 다른 논쟁을 시작할 수도 있었다. 다른 말다툼 중에 앤서니가 '의식적 살해'

를 반드시 해야 한다고 언급했던 일에 관해서. 보존에 관한 어떤 개념으로 그 필요성을 포장하는 위선에 관해서. 그러나 그 논쟁은 결코 어디로도 향하지 않았다. 블라디미르는 피에 굶주리고 잔인한, 시대착오적이고 퇴행적인 취향을 가진 앤서니를 비난하곤 했다. 넌 네가 헤밍웨이인 줄 알지, 라고 말할 것이다. 넌 네가 매커머*같지, 라고 말할 것이다. 넌 네가 테디 루스벨트인 줄 알아. 하지만 아니야. 넌 그저 동물을 죽이며 쾌락을 느끼는 어마어마하게 돈이 많은 부자일 뿐이야.

하지만 그게 문제가 아니었다. 블라디미르는 앤서니가 다른 누구에게도 보여주지 않은 사진들을 본 적이 있다. 자신이 죽인 동물들과 함께 찍은 사진들이었다. 사진 속 앤서니는 전혀 행복해 보이지 않았다. 절대 웃고 있지 않았다. 정확하게 블라디미르가 비난한 내용을 행동으로 옮긴 후의 표정이었다. 누군가를 죽인 사람의 표정이었다. 아니, 마치 자신이 사랑한 무언가를 죽인 사람처럼 더

---

* 어니스트 헤밍웨이의 단편 〈프란시스 매커머의 짧고 행복한 생애The Short Happy Life of Francis Macomber〉의 주인공. 자신의 용기를 증명하기 위해 사냥에 나서는 인물이다.

심한 표정이었다. 모든 사냥 사진에서 앤서니는 영혼이 빠져나간 모습이었다. 그야말로 녹초가 된 표정이었다.

앤서니는 자신이 죽인 동물들의 전리품을 남기지 않았다. 암호를 걸어둔 자신의 터미널 외의 기기로는 절대 사진을 찍을 수 있게 허용하지도 않았다. 우아한 전원 저택에는 박제한 전리품들로 가득한 푸른 수염의 방도 없었다. 꽤 인상적인 사진들 몇 장을 빼고는 파괴를 기록한 물증을 어디에서도 찾을 수 없었다. 아무리 봐도, 계속해서 똑같이 지치고 패배한 남자를 찍은 사진뿐이었다. 죽은 동물이 쓰러진 그 자리에 누워 있었다. 둘 다, 마치 자신에게 전부였던 걸 잃은 것처럼 보였다.

블라디미르가 앤서니를 따라 이런 여행을 떠난 건 이번이 처음이었다. 같이 가자고 한 적도 없었을뿐더러, 앤서니가 먼저 권했어도 아마 거절했을 터였다. 그러나 이번에는 앤서니가 먼저, 거절당할 걸 알면서도 초대했고 블라디미르는 자기도 모르게 응했다. 왜 그랬을까?

어쩌면 더 이해해보기 위해서였을 것이다. 그 순간, 그 행동을 직접 보기 위해서. 사랑하지만 잘 모르겠는 남자에게 조금 더 가까이 다가가기 위해서.

앤서니와 아슬라노프 박사는 벌락이 이동할 수 있는 거리와 그들이 걸어서 가야 할 부분 등 기술적인 것들에 관해 이야기하고 있었다. 그동안 블라디미르는 말을 타고 있는 한 남자를 보았다. 물결처럼 접힌 산맥 뒤에서 나타난 남자가 가까이 다가오자 점점 더 크게 보였다. 다시 한번, 블라디미르는 이곳의 거리감을 가늠할 수가 없었다. 남자가 갑자기 그들 앞으로 성큼 다가오자 블라디미르는 그제야 제대로 볼 수 있었다. 속을 채워 넣은 더러운 카무플라주 재킷을 입고 있었다. 말의 눈은 윤기가 났고 남자의 얼굴은 햇볕에 그을렸다. 수십 미터 정도 떨어진 곳에서 남자는 말에서 내렸다. 말은 바로 잔디를 뜯기 시작했고 남자는 테이블로 걸어와 아슬라노프 박사에게 러시아어로, 또는 블라디미르가 어쩌면 러시아어일 것 같다고 생각한 언어로 말했다. 블라디미르는 또 한 번 자기와 관련된 사람들이 도저히 알아들을 수 없는 이 언어를 사용한다는 사실에 감탄했다. 자기와 같은 유전자를 물려받은 사람들은 이 연속되는 소리를 판독할 수 있었고 그 억양 속에서 살고 있었다.

"여기는 이 공원 관리 책임자인 콘스탄틴이에요. 매머

드 한 마리를 찾았다고 하는군요. 수컷이요.”

앤서니가 고개를 들어 올려다보았다.

앤서니의 표정을 본 블라디미르는 너무 깜짝 놀라 뒷걸음칠 정도였다.

“얼마나 가까이에요?” 앤서니가 물었다.

콘스탄틴이 어깨를 으쓱하더니 영어로 말했다.

“하루나 이틀이요. 그들이 우리로부터 얼마나 멀리 이동하는지에 달렸어요. 지형에 따라 달라지기도 하고요. 하지만 가까워요.”

블라디미르는 아침 햇살에 비친 앤서니 얼굴에서 눈을 뗄 수가 없었다.

이렇게 행복해하는 앤서니는 처음 보았다.

8

뮤세나가 소년을 살려줄 리가 없었다. 스뱌토슬라프는 둘이서만 보낸 첫날이 끝날 때쯤에 그걸 이해했다.

둘은 엄니를 실어놓은 노새를 제대로 세웠다. 노새들 중에서 그나마 가장 멀쩡했다. 마치 매머드들이 엄니는 건드리고 싶지도 않다는 듯 이 노새를 남겨둔 것 같았다. 다른 것들은 부서지고 망가져 수리도 할 수 없을 정도였다. 하지만 뮤세나는 부품을 모두 분해하더니 쓸 수 있는 것들만 모아 따로 뺀 다음 끈으로 묶어둔 가방 안에 넣었다. 또한 휴대용 식량도 챙겼다. 대부분 압축시킨 에너지 케이크 같은 것이었는데, 많이 부서져 있었다. 쌀을 담아 둔 가방이 터져서 쌀알이 여기저기 흩어졌다. 스뱌토슬라프는 텐트 안에 있던 많은 장비가 훼손됐다는 걸 알았다. 하지만 아직 멀쩡한 노새에 비상용 텐트가 있었다. 그 외에는 스뱌토슬라프가 두르고 있던 플라스티다운 담요와 텐트에서 꺼내 온 뮤세나의 침낭이 있었다. 침낭은 바람이 다 빠지고 피가 묻어 있었으나 아직 쓸 만했다. 노새에 묶어두었던 스뱌토슬라프의 옷이 든 배낭은 바닥이 조금 찢어진 것 빼고는 온전했다. 둘은 텐트 안에서 손상되지 않은 도끼와 다목적 도구 등 연장 몇 개를 회수할 수 있었다. 그리고 라이플이 딱 한 개 남아 있었는데, 스뱌토슬라프의 아버지 소유였던 오래된 .375 루거 M77 라이플이었다.

뮤세나와 소년은 오전 내내 멀쩡한 물건들을 모으고 노새를 분해하고 다시 물건들을 싣는 데 시간을 다 썼다. 스뱌토슬라프는 텐트 쪽을 보지 않으려고 노력했다. 짓밟히고 핏자국이 얼룩진 커다란 자루는 원래 모습을 알아볼 수 없을 정도로 난도질당한 커다란 동물이 쓰러져 있는 것만 같았다.

이제 그것은 집단 무덤이자, 거대한 수의가 되었다. 태워버릴까도 했으나 불을 피울 정도로 충분한 연료가 남아 있지 않았다. 땅에 묻어버릴까도 했으나 접이식 삽 두

개 모두 사용할 수 없을 정도로 구부러져 있었다.

결국 둘은 그냥 떠났다. 라이플을 든 뮤세나가 앞장을 서고 스뱌토슬라프는 둥글게 휜 상아들과 구조한 물품들을 실은 노새 뒤를 따랐다. 이곳 스텝은 거의 아무것도 없는 평원이 펼쳐지다가 간간이 쿠르간이나 좁은 시내가 흐르는 오목한 곳이 있었다. 아침에는 파란색, 오후에는 회갈색으로 물드는 저 멀리 솟아 있는 산등성이 사이로 듬성듬성 눈이 쌓인 곳이 있었다. 정오가 될 때까지는 꽤 더웠기 때문에 밤새 정말 서리가 내려 땅을 덮었는지, 또는 겨울에 수 미터 두께로 쌓인 눈 밑에서 모든 게 질식해버리는 게 맞는지 의심스러울 정도였다.

"매머드들은 겨울엔 어떻게 먹고 살아요?"

스뱌토슬라프가 뮤세나를 따라잡으며 물었다. 둘은 개울을 건너고 있었는데 바닥이 진흙투성이라 늪이 장화 안으로 빨려 들어왔다.

"들소나 순록처럼 먹고 살 거야, 아마. 쌓인 눈을 걷어내고 그 아래 있는 잔디를 찾아 먹지. 이런 걸 전혀 모르는 거야?"

"우린 겨울에 사냥하지 않으니까요."

우리. 그날 아침이 지나고 처음으로 소년은 아버지를 생각했다. 돌아가신 아버지. 이제 **우리는** 없었다. 소년은 슬픔이나 애도와 같은 감정은 느끼지 않았다. 엄마가 돌아가셨을 때 들었던 것과 같은 감정은 전혀 없었다. 하지만 그때 소년이 한쪽 무릎을 휘청거리자, 뮤세나가 잡아주었다. 그의 손아귀는 자비라고는 찾아볼 수 없는 죔틀처럼 조여왔다. 그 갑작스러운 고통을 느끼자 스뱌토슬라프는 **현실**로 돌아왔다. 뒷목에 뜨겁게 쬐는 햇볕과 윙윙거리는 모기떼, 그리고 장화 안으로 빨려 들어온 진흙.

"깜박했는데, 너희 러시아인들은 겨울에 그냥 숨어버린다면서. 곰처럼 아파트 동굴에 웅크리고 모여서 말이야. 술 마시며 이야기하고 담배만 피우고. 그저 사는 동네에만 머무르면서 전기와 난방이 꺼지지 않기만을 바라고 있다고. 그러다 어느 날 정말 하나라도……." 뮤세나가 말했다.

"당신도 반은 러시아인 아닌가요?"

뮤세나가 고개를 돌려 스뱌토슬라프를 정면으로 바라보았다.

스뱌토슬라프는 그때 깨달았다. 뮤세나는 소년을 죽일

것이다. 어떻게 깨닫게 되었는지는 설명하기 어려웠으나 확신했다. 뮤세나가 그렇게 결심했고, 그만큼 아무 의미 없는 결심인 것도 알아보았다.

"나는 내가 원하는 누구에게든 '너희'라고 불러. 네네츠인들에게는 이렇게 말해. '너희는 순록 떼와 함께 아직 세상이 바뀌지 않았다고 속이며 여기에 계속 머물고 있지. 샤먼 북을 둥둥거리면서 매드나와 핸소스야다*를 두려워하고 말이야. 너희는 진짜 세계가 어떤지 씨발 절대 모르잖아.' 그리고 너 같은 러시아인들을 만나면 이렇게 말하지. '너희들은 망가뜨리는 것밖에 못하지. 네가 마시는 샘물에만 앉아서 똥을 쌀 거야. 세계에서 가장 풍성하고 끝없이 펼쳐진 숲 한가운데에 콘크리트 상자를 세우고 들어가 앉아서 겨우내 통조림 고기나 먹으며 기름에 전 카드로 듀락**이나 치고 있잖아.'"

뮤세나는 진흙에 발을 빠뜨린 노새를 확 하고 들어 경

---

* 괴물의 정신Madna과 마음을 빼앗는 정신Hansosyada을 뜻하며 네네츠족 신화와 전설에 등장한다.

** 러시아 카드 게임.

사로 위로 밀어 올렸다.

"너는 내가 누군지 말할 자격이 없어. 나는 원하면 누구든 '너'라고 부르지만, 누구도 내가 반은 이쪽이고 반은 저쪽이라고 말하지 않아. 내 이름이 무슨 뜻인지 알아? 노마드. 돌아다니기 위해 태어났다는 거야. 내가 서 있을 곳은 **내가** 정해. 내가 갈 곳과 그 이유도 **내가** 정하고."

"죄송해요. 그런 의미로 물은 건 아니었어요." 스뱌토슬라프가 말했다.

"아무도 뭔가를 의미하며 말하진 않지."

몇 시간 정도 지나 둘은 먹기 위해 잠시 멈추었다. 고작 응축된 에너지 케이크였지만 앉아서 쉴 좋은 기회였다. 그들은 옳은 방향으로 걷고 있었다. 스뱌토슬라프는 상처가 나듯 산사태가 일던 산의 한쪽 면을 머릿속에 각인시켰었다. 소년과 일행은 보호구역으로 들어가는 길에 산을 등지고 낮은 낙엽송 숲을 가로질렀다. 그러나 며칠이 지나서야 보호구역 안으로 들어올 수 있었다. 도대체 얼마나 먼 거리였던 걸까?

"보호구역 안에는 인간의 DNA를 감지해서 자동으로

쏠 수 있는 자동 라이플이 있대요. 20킬로미터 바깥에 있는 사람 냄새도 맡아서 죽이는 작은 로켓 같은 거래요."

"별 소문들이 다 있지. 그런 소문이 아니라 네 두 눈으로 직접 볼 수 있는 능력을 배워야 한다." 등을 땅에 대고 누운 뮤세나가 두 눈을 감고 말했다.

"무슨 뜻이에요?"

뮤세나는 일어나 앉았다.

"이곳에 도착해서 드론 하나라도 본 적이 있어?"

"아니요."

"그런데도 식당에 가면 작고 더러운 테이블에 앉은 사람들이 저마다 드론에 관해 떠들지. 여기서 1,600킬로미터도 더 떨어진 거리에서 다 해진 축구공을 차고 노는 아이의 DNA도 찾아내는 똑똑한 총알을, 모기만 한 자살 드론을 알고 있다고……."

"그래도 매머드들을 뭔가로 지켜야 할 텐데요."

"방금 그들이 매머드들을 무엇으로 지키는지 말했잖아, 내 말을 듣고 있지 않구나."

젖은 땅과 진흙 때문에 더디긴 했지만 둘은 해가 질 때까지 계속 걸었다. 저녁노을 아래서 잔디는 불어오는 바람에 따라 크게 흔들렸다. 벌써 이렇게 시간이 늦었다고? 점심 먹고 나서 얼마나 많이 걸은 걸까? 5킬로미터는 걸었을까? 10킬로미터? 가끔 뮤세나는 그저 먼지처럼 보일 정도로 빠르게 앞으로 나아가기도 했으나 노새는, 또는 소년은 서로의 발걸음을 계속 맞추었다. 어느 쪽이 맞춘 건지는 알 수 없었다. 어쨌든 뮤세나는 노새 없이는 어디도 가지 않을 것이었다.

스뱌토슬라프는 마음속으로도 드미트리를 '아빠'라고 부른 적이 없다. 그리고 엄마 역시, 보통 엄마들처럼 '너희 아빠'라고 말한 적이 없었다. 언제나 '네 아버지'였다. '오늘 네 아버지가 돌아오신단다. 네 아버지는 친구들과 나갔단다.'

내 아버지는 돌아가셨다.

해가 질 때쯤 소년은 뮤세나를 따라잡았다.

"여기다 텐트를 칠 거야."

움푹 파인 진흙 웅덩이에는 죽은 나무가 서 있고 그 주변으로 흙더미가 동그랗게 쌓여 있었다.

"여기에 불을 피우고, 저 죽은 나무를 태우면 연료가 될 거야. 건조 수프 몇 봉지를 가져왔어. 우린 따뜻한 음식을 먹어야 해. 넌 그런 일이 있었는데도 잘 따라왔다. 이제 텐트를 치자.”

“매머드들이 그…… 그런 식으로 사람들을 공격한다는 소리를 들은 적 있어요? 마치 우리를 사냥한 것 같았어요.”

“매머드는 멸종했어, 얘야. 그들이 살아 있었을 때 어땠는지는 아무도 모르는 거야. 그리고 우릴 공격한 건 매머드가 아니야. 그저 복제품 같은 거지. 어둠 속을 다니다가 우연히 우리를 발견하고는 겁에 질렸을 거야.”

“그런 것 같지 않았어요.” 스뱌토슬라프는 대답하며 죽어서 색이 바랜 나무 옆에 서 있는 노새를 흘깃 보았다. 한 아름 실린 상아들에는 매머드 얼굴을 잘라 도려낼 때 묻은 핏자국이 그대로 남아 있었다.

뮤세나가 소년의 시선을 좇았다.

“계속 터미널에 손이 가네. 인터넷 연결해서 시세가 어떤지 보고 싶거든. 지금 갖고 있지 않다는 걸 자꾸 까먹어. 하여튼 중독성이 강하다니까.”

“시세요?”

“터미널 말이야. 하지만, 그래. 시세도 그렇겠군.”

　스뱌토슬라프는 지평선을 하염없이 바라보았다. 하루 종일 작은 언덕과 쿠르간 들을 응시하며 그것들이 움직였다고, 느릿느릿 자리를 벗어났다고 생각했다.

　"이봐, 저들은 호랑이가 아니야." 뮤세나가 소년의 생각을 읽었다는 듯이 말했다.

　"우리를 따라다니거나 잔디 뒤에 숨지도 않지. 이놈들은 덩치가 크고 느려서 사냥하기도 아주 쉽지. 포식자가 아니라 먹잇감이라는 거야. 멸종된 이유가 있지."

　노새가 살아 있는 것처럼 몸을 흔들었다. 휘어진 상아들이 노을빛에 반짝거렸다. 마치 커튼 뒤에 켜둔 램프처럼 흐릿하고 따스했다. 아름다웠던가?

　시장에서 팔릴 만큼 매우 아름다웠나?

　그래, 매머드가 멸종한 데는 이유가 있었다.

9

불 내음.

매머드 다미라는 인간 다미라가 절대 알지 못했던 기억의 세계를 발견했다. 인간이었을 때 냄새로 떠올릴 수 있는 기억은 그저 한 감정에 불과하거나 번뜩이는 어떤 장면, 또는 지나가버린 사건의 한 조각이나 희미하게 반 정도만 존재하는 것에 지나지 않았기 때문이다.

한번은 다른 코끼리가 싸놓은 대변 덩어리를 트렁크 끝으로 건드린 후 입으로 가져가 맛을 보는 수컷 코끼리를 본 적이 있다. 그러고는 그 자리에 서서 두 눈을 감는데 땅에서부터 낮게 울리는 진동이 있었다. 기억하는 중이었다.

그리고 이제 매머드 다미라는 그게 무슨 뜻인지 알았

다. 코끼리에게 냄새란 감정이나 지나간 장면들을 불러
일으키는 정도가 아니었다. 아니…… 그들은 기억 전체
를 완전하게 되찾았다. 줄에 꿰놓은 유리구슬처럼 기억
전체를 불러일으켰다. 하나의 기억은 또 다른 기억들과
맞물려 연결되어갔다. 현재처럼 완벽하고 풍성한 기억들
이었다.

불 내음. 다미라는 매머드가 된 첫 계절에 카라와 다른
일행을 불이 난 잡목림에서 떨어지도록 안내했던 것을
기억했다. 그때 그녀는 매머드들을 줄 세워 쿡쿡 찔렀다.
불 향이 나는 곳에서는 멀리 떨어져 있으라고, 안전한 초
원을 찾아 개울을 건너라고 가르쳤다.

그녀는 매머드들이 그 혹독했던 첫 겨울을 버티지 못
할 줄 알았다. 단 한 마리도. 그들은 자신들이 이곳에 살
기 위해 **만들어졌다는** 것과 자신들의 신체 조건은 이곳
에서 살아남을 것이 **기대된다는** 것, 그 유전자들이 이곳
을 **고향으로** 여겼다는 것을 아직 이해하지 못한 채 혼란
스러운 나머지 신음하고 돌아다니며 반은 굶고 다녔다.
아직도 사육된 코끼리들처럼 생각하고 있었다. 자신들이
사육된 코끼리라고, 마찬가지로 사육당한 대리모 코끼리

의 깨져버린 문화와 울타리 안의 추잡하고 제한된 사고 방식에 갇혀 있었다.

다미라는 그런 관습을 깨버렸다. 덮인 눈을 어떻게 치우고 그 아래에 있는 잔디를 어떻게 뜯어 먹을 수 있는지 보여주었다. 아무것도 없는 것처럼 보이는 초원에는 사실 자양분이 많이 숨어 있다는 걸, 어디로 가야 할지만 알면 여름에는 정말 많이 찾아낼 수 있다는 걸 가르쳐주었다. 추위와 눈을 두려워하지 말라고 가르쳐주었다. 다미라는 겨울이 되면 매머드들의 헤모글로빈이 거대한 몸에 산소를 이동시킬 수 있는 적혈구를 생성시킨다는 걸, 무성한 털이 체온을 유지해주고 신진대사 역시 이런 환경을 이겨낼 수 있다는 것도 알았다. 매머드처럼 생각한다는 건 살아남는 일이었다. 이곳이 어떤 외계가 아니라는 걸 인지하는 일이었다. 이곳은 **그들의** 삶터였고 그들은 이제야 집으로 돌아왔다.

다미라가 알려준 몇 가지 기술은 코끼리의 것으로, 인간이었을 때 수년간 야생에서 직접 관찰한 기술이었다. 따뜻한 계절에는 출산을 보살폈고, 밀렵꾼들이 등장하기 전까지는 진짜 위협은 없겠지만 혹시라도 새끼들이 위험에 처하면 그 주변으로 사각형 진을 짜서 방어할 수 있도록 자기 매머드 떼를 교육했다. 매머드들을 파멸시킬 만한 포식자는 아직 이 세상에 나타나지 않았다.

코끼리들을 직접 보고 배운 기술과 더불어 매머드에 관한 책을 읽고 알게 된 지식도 있었다. 두 가지 방법으로 체득한 기술들을 모두 활용해서 무리를 이끌었다.

불 내음.

기억의 사슬은 매머드 시절을 지나 과거로, 인간이었던 다미라에게로 되감겼다. 그리고 지금, 이 육체를 통해 인간의 몸으로 살았을 때는 결코 접근하지 못했던 방식으로 인간이었을 때를 기억하다니 이상했다. 다미라는 **과거로 여행했다.** 그녀는 다시, 자신의 과거 안에 존재했다. 지금 이 순간만큼이나 거의 실질적이고 완전히 과거에 살았던 코끼리로 존재했다. 모든 신경회로는 인간 의식체에 그대로 있었으나 인간의 기억력만큼은 열등했다. 회로를 훑은 기억들은 알아보기 힘들고 단편적이었다. 이것저것 뒤섞인 채 한 연결고리에서 다른 연결고리로 너무 쉽게 이동했다. 불완전했고 부분적이었다.

현재가 아니었다. 다미라는 매머드의 기억을 통해 과거로 이동했다.

불 내음, 그리고 그녀는 다시 거기에 있었다…….

와무군다는 작은 모닥불 앞에 앉아 있었다. 해가 지면서 뜨거웠던 공기도 많이 식었다. 덜덜 떠는 다미라를 보고 와무군다는 나무를 모아왔다. 다미라는 그럴 필요 없다고 하고 싶었으나 그들에게는 텐트나 침낭이 없었고, 랜드로버만이 유일한 보호처였다.

랜드로버는 코끼리 떼를 찾느라 초원을 횡단하다가 고장이 났다. 공원에 사는 코끼리들은 표지되지 않고 감시당하지 않은 채 자유롭게 돌아다녔다. 공원 관리인들은 코끼리에게 달아두는 표지나 다른 공원에서는 아직 사용하고 있던 드론을 믿지 않았다. 표지를 단 코끼리들은 밀렵꾼들에게 제일 먼저 발견당한다고들 했다. 그래서 관리인들은 코끼리들을 옛날 방식으로…… 직접 나가서 찾아다녔다.

생물학자나 경비원들은 코끼리들이 막 배설한 대변이나 부러뜨리고 훼손한 나뭇가지, 통통한 발로 밟은 물웅덩이의 파인 정도로 코끼리들을 추적했다. 그게 더 안전했다. 그러나 랜드로버 앞차축이 망가지자, 와무군다와 다미라는 충전기 퓨즈를 포함해 차내 전기 시설까지 모두 고장 난 걸 알았다. 둘의 터미널도 곧 방전되었다.

둘만 남겨진 데다 다음 날 걸어서 캠프까지 돌아가려면 긴 여정이 될 것이었다. 그래도 충분한 음식과 물이 있었고 길도 알았기 때문에 큰 걱정은 없었다. 코끼리를 연구하고 관찰하는 기쁨은 공원에 들이닥친 밀렵꾼들 때문에 상처를 받긴 했으나 공원 관리인이나 생물학자들이 그들의 표적이 되는 최악의 상황은 아직 아니었다. 상아 가격은 걷잡을 수 없이 치솟았지만, 수단이나 남아프리카나 콩고를 이미 휩쓴 상아 전쟁은 아직 이곳에 도달하기 전이었다.

일상적인 초원 횡단에 생긴 작은 사고를 모험으로 바꿀 순수함이 아직 어느 정도는 남아 있었다. 계획에 없던 캠핑 여행. 고조되고 있던 고민에서 잠시 벗어나게 해주는 반가운 기분 전환이었다.

와무군다는 홍콩에서 학교에 다니던 때를 이야기했다. 지구에서 가장 인구밀도가 높은 섬에서 장학금을 받으며 생물종 보존에 대한 공부를 했다.

"여기 시골 생활보다 더 인간적이고 더 도시적이고 더 색다른 곳은 그 어디에도 없을 거예요."

와무군다는 말했다.

아버지와 할아버지 모두 공원 관리인이었다고 했다. 케냐 도심에는 가본 적도 없으며 학생이 되기 전에는 나이로비에 여행조차도 가보지 않았다고 했다.

"제 눈에 도시는 그저 흰개미 언덕 같은 곳이었어요. 홍콩이 딱 그렇게 보였죠. 붉은 땅 대신 강철과 유리로 된 타워들이 흰개미 둥지처럼 빽빽하게 들어서 있었어요. 언제나 사람들을 위에서 내려다보거나 군중 사이에 있으니 진짜 얼굴은 보지 못했어요. 사람들이 너무 많다 보니 다 똑같아 보이는 거지요. 전 여기서 자랐어요. 여기서는 모든 동물과 사람을 이름으로 알지요. 각자의 자질과 능력을 알고 어디서 어떻게 조화를 이룰 수 있을지를 알아요. 저 멀리서 걸어오는 실루엣만 보고도 누군지 알 수 있다고요. 그런데 홍콩에서는 모든 게 압축되어 있고 특색도 없이 뒤엉켜 있어요. 구분하기 어려운 비슷한 것들이 너무 많았어요. 그리고 저는 언제나 그 안에 끼지 못했고요. 제 피부색이나 장학금을 받고 있던 상황 때문은 아니었어요. 물론 둘 다 어느 정도 영향은 있었겠지만요. 그냥 하나의 생활 방식이었어요. 빽빽한 인구밀도와 자연과의 소통 단절. 인간이 만들어낸 끝없는 타워 협곡들 밖은 보려고 하지도 않는 거요. 그런데 조금 지내다 보니 홍콩 역시 자연과 연결되어 있다는 사실이 보이기 시작하더라고요. 맞아요……. 제가 봤어요. 그런데 제가 본 걸 사랑하지는 않았어요. 자연과 연결되어 있었지만, 그저 스스로를 끌어들이기 위해서일 뿐이었어요. 그걸 소비하기 위해서요. 홍콩은 소용돌이와도 같았어요. 세계 각지에서 선박과 배들이 착취의 흐름에 이끌려 나선형을 그리며 항구로 들어오고, 전 세계에서 가져온 온갖 물건들로 가득 찬 채 둥둥 떠 있는 거대한 건물 같은 컨테이너들을 크레인으로 선박에서 들어 올려 빼내요. 그 흐름을 제가 본 거예요. 생산품들의 흐름을요. 식물들, 본토나 다른 나라에서 가져온 채소나 과일도 있었고요. 심지어 제가 살던 나라에서 온 잘린 꽃들도 있었어요. 커피, 그리고, 상아도요. 처음엔 여기저기서 나타났어요. 어떤 학생이 갖고 있던 체스 세트는 부모로부터 물려받은 거였어요. 상점 창가에 전시되어 있던 마작 패들도 그렇고요. 한번 제 눈에 보이기 시작하니까 곳곳에 있는 거예요. 사무실에는 인간들의 손길을 거쳐 아름답게 조각된 엄니가 케이스에 담겨 있었는데, 코끼리들이 줄지어 트렁크와 꼬리를 맞대고 걷는 모형으로 변해 있더라고요. 살아 있는 코끼리를 죽여 생명이 없는 코끼리들을 아름답게 조각해놓은 거예요. 한때는 신체의 한 부위로, 치아이자 무기였던 걸 난도질해서 말이에요. 삶의 한 부분을요. 고층 건물들 사이에서 살아남은 상점들이 비좁게 모여 있는 작은 거리처럼 오래된 동네들도 있어요. 앞만 보고 달리면서 미처 지우지 못하고 남은 흔적 같은 곳이죠. 그 상점들의 창가에는 정말 기발한 것들이 잔뜩 있단 말이에요. 거기에도 있었어요. 제가 두 눈으로 보고 또 봤어요. 상아. 상아 보석, 이제는 아무 의미도 없는 결정을 내릴 때 찍던 상아 도장, 온갖 게임에 쓰이는 상아 말까지요. 내 고향의 피에 젖은 상아가 겉만 번지르르하고 쓸데없는 싸구려 상품으로 바뀌어버렸다고요. 어떤 아름다운 모습이든 원하는 대로 조각되었어요. 하지만 그게 다 살해로부터 시작된 거잖아요. 아뇨, 그보다 더 심해요. 그건 다 저 멀리서 일어난 살해로부터 시작된 거예요. 상아를 그저 **물질**로만 생각하는 사람들은 절대 볼 수 없는 저 멀리 어딘가에서 일어난 살해요. **자원 채취 지역**에서 일어나는 살해요. 그래서 제가 이런 정치적인 삶을 시작하게 된 거예요. 골동품이 가득한 상점들 사이라니, 장학금을 받아 공부한 케냐 남자가 그런 삶을 시작하기에는 이상한 장소이긴 해요. 평생 동안 아무것도 이해하지 못하고 살아갈 수도 있을 것 같은 세계인데 말이에요. 하지만 그렇게 됐어요. 그 시스템이 눈에 훤히 보였거든요. 홍콩이나 뉴욕, 런던 중심가에서 흐르는 무역산업이 가속도를 밟으며 소용돌이가 일어나 전 세계에서 채취되는 모든 물품을 끌어당겼어요. 뭐든지 물질이 돼버리는 곳들이지요. 뭐든지 **상품화되는** 곳이라고요. 그리고 그 맞은편 끝에는 저 같은 사람들이 태어난 나라들, 이 전반적인 변화가 시작된 자원 채취 지역이 있었어요. 그때 셔틀처럼 대양을 왔다 갔다 가로지르는 노예선을 봤어요. 사탕수수밭과 목화밭을 봤어요. 박제된 채 서양 박물관에 전시된 우리 아프리카 동물들을 봤어요. 홍콩, 런던, 뉴욕 사람들 모두가 들고 다니는 터미널에 사용된 희귀 광물 자원을 봤어요.

물질이 되기 위해, 아무것도 아닌 게 되기 위해, 변질되기 위해 자연환경이 파괴되는 걸 봤어요. 전 그걸 다 봤어요. 그런데 어째서인지, 어쩌면 제가 이곳의 코끼리들 사이에서 자라서 그럴 수도 있지만요, 항상 제 눈에 밟히는 건 상아였어요. 새하얗고 반짝거리는 게 그 어떤 진열장에서도 눈에 띄었거든요. 마치 상처 속 구더기들처럼요. 그리고 저는 이해했어요. 저는 자원 채취 지역 출신이 어떤지 아니까요. 그 채취가 시작되는 곳에서 자란다는 게 어떤 건지를 알잖아요. 하지만 코끼리들은 그 자원 채취 지역이 **무엇인지를** 알아요. 그건 그들이 살아온 역사예요. 코끼리는 거대하지만, 인간들이 착취를 시작한 역사만큼은 아니에요. 그때 전 제가 공원 관리인이 되리라는 걸 알았어요. 제가 받은 교육을 등에 업고 이 착취를 멈추는 데 사용하겠다고요. 저희 부모님은 제 다른 미래를 상상하셨을 거예요. 아마도 눈이 따가울 정도로 새하얀 연구실 가운을 입고 인내심 가득한 미소를 짓고 있는 제 모습을요. 안경을 쓰고 주머니에 펜을 하나 꽂아두고요. 이곳에서 멀리 떨어져 있는, 언제나 어떤 천국으로 묘사될 법한 먼 곳에 있는 제 모습을 상상하셨거든요. 질서 정연하고 손질이 잘된 정원, 터미널을 한 번 터치하거나 한 번 고개를 끄덕이는 것만으로도 물건을 살 수 있고 또 조용한 음악을 틀어주는 상점 같은 게 있는 곳이요. 하지만 전 이제 그런 곳에서 사는 저를 상상할 수가 없었어요.”

밤하늘을 수놓은 영원한 별자리 아래로 모닥불 불꽃이 차가운 공기 중에 작은 별자리들을 만들어냈다.

“이게 제 이야기예요. 이게 제가 여기에 있는 이유예요, 다미라 박사님.” 와무군다는 잠시 쉬더니 물었다.

“그런데 다미라 박사님은 왜 여기에 있는 거예요?”

다미라는 그 질문이 마음속에 얼마나 깊게 배어들었는지를 기억했다. 그 질문에 답하기 위해 몇 주 동안 얼마나 고민하고 고민했는지 모른다. 답을 의심하는 동안 질문은 곪아 터져갔고, 그들이 관리하던 공원에 전쟁이 퍼지면서 도저히 생각할 시간이 없게 되자 비로소 잠겨 사라졌을 뿐이었다.

그때 다미라는 그저 웃어넘겼다.

“내가 어릴 때 우리 삼촌이 코끼리 인형을 사줬거든.”

와무군다도 웃었다.

“그치만 부모님이 상상하신 당신 미래도 이건 아니었

잖아요."

"우리 부모님이 내 미래를 상상하긴 하셨을까 싶어. 그 덕분에 내 미래를 직접 선택할 수 있었고."

"아." 와무군다는 잠시 말이 없었다. 다미라는 모닥불에 비쳐 그림자와 주황, 노란색 평면으로만 느껴지는 그의 얼굴을 바라보았다. 그 얼굴에 가장 깊이 파인 주름은 어둠 속으로 흘러가는 작은 개울 같았다.

다미라는 망각 속에 조각된 이 장소, 이 기억으로 종종 되돌아갔다. 그러나 이 따스한 불가 앞, 와무군다의 건너편에 앉아 있는 그녀는 그저 여행자일 뿐이었다. 다미라는 그가 이미 죽었다는 사실을 알고 있는 시간대에서 왔다. 자기 자신도 이미 죽었다는 사실을 알고 있는 시간대에서. 다미라는 그저 와무군다에게 말해주고, 안심시켜주고 싶었다.

'난 더는 후회하지 않아. 이 지구 위를 돌아다니는 동안만큼은 절대로 당신을 잊지 않을 거야. 우린 언제나 여기서 만날 거야, 와무군다. 여긴 우리만의 장소니까.'

와무군다는 모닥불 안으로 잉걸불을 더 밀어 넣으며 말했다.

“그럼, 박사님은……. 그러니까 전 저처럼 어딘가에서 온 사람들도 있다고 생각해요. 그리고 박사님처럼 아무 데도 아닌 곳에서 온 사람들이 있고요. 둘 다 그만큼 힘이 있다고 생각해요.”

불 내음은 더 오래된 기억까지 연결해주었다. 주방 식탁 위에 펼쳐진 생물학책이나 그녀의 어린 시절, 문득 연구실에서 고개를 들었을 때 오래된 목제 주택들이 흩날리는 눈발에도 불구하고 활활 타오르는 것을 바라보던 기억.

그러나 어딘가 망가진 연결고리도 물론 있었다. 더는 다른 기억들로 이어지지 못하는 연결고리들. 이어지지 못한 기억들은 중력을 벗어나 어두운 우주에서 별들 사이를 영원히 표류하는 행성처럼 온전하게 존재하고 있을까? 아니면 흐르는 시간에 녹아내려 그 연결을 유지해야 하는 신경세포들의 부담을 줄이기 위해 소멸해버렸을까?

매머드 다미라조차도 과거로부터 불러올 수 없는 기억들이 있었다. 많은 기억이 사라졌다.

불 내음이 점점 강하게 다가왔다. 다미라는 조용히 앞

으로 나아갔다. 그 침묵을 느낀 매머드들이 따라서 침묵
했다.
　이제 거의 다 왔다.

10

밤에 드론은 옹기종기 삼각 대형을 이루고 있는 벌락들을 발견했다. 그 가운데 모닥불을 피워두고 두 남자가 앉아 있었다. 드론은 마치 질문이라도 하듯, 혹은 생각 중이라는 듯 원을 그리며 비행했다. 곧 박쥐 날갯짓보다도 조용하게 블레이드 소리를 내며 벌락의 루프 레일 위로 사뿐히 내려앉았다. 두 남자를 명확하게 관찰할 수 있는 지점이었다.

남자들은 러시아어로 낮게 이야기하고 있었다.

"그녀가 아직도 날 기억하는지 모르겠어. 하지만 난 우리가 그녀에게 준 그 몸으로, 그녀가 이 초원 어딘가에 있을 거라고 분명히 생각하거든. 난 거리를 뒀어. 트라우마를 남길 만한 나쁜 기억으로 남고 싶지는 않으니까. 그래도 언젠간 그녀를 찾아내는 상상을 하곤 해.”

“만나면 무슨 말을 할 것 같아?”

“그래……. 그래서 절대 찾지 않겠다는 거야. 죽은 사람의 몸에서 정신만 불러와 괴물로 만들어놓고 내가 무슨 말을 할 수 있겠어?”

“괴물이라는 단어는 올바른 표현이 아닌 것 같은데.”

“맞아……. 하지만 내 말은 **진짜** 괴물이라는 게 아니야. 그러니까 그 비슷한 것, 우리 상식에서 **벗어난** 어떤 것이지. 완전히 새로운 그것, 또는 그 누군가 말이야. 우린 그녀를 이 땅을 한 번도 밟아본 적이 없는 생명체로 만들었어. 그건 그저 시작에 불과했고. 저기 어딘가에서 사계절을 다 겪은 그녀가 이제 무엇이 되었겠어? 다른 매머드들을 이끌었을까? **구했을까?** 그런데 실제로 그렇게 되었거든……. 그녀는 그들을 구했어. 다 죽어가고 개체수가 줄고 실패한 실험이었어. 그런데 이제는 무리만 세 개야. 나는 늙어가고 있고, 언젠가 죽겠지만 그래도 드디어 이곳에 미래가 있을지도 모른다는 생각이 들어. 그녀 덕에 말이야. 이 실험이 망해가고 있을 때 우리가 했던 질문을 아직도 기억해…….”

“이 매머드가 진짜 매머드가 되려면 무엇이 필요하냐는 거였지? 나도 기억나.”

“그래. 얼어붙은 이 초원에서 그저 절망하여 돌아다니는 털북숭이 코끼리가 아닌, 진짜 매머드로 만들기 위해서는 어떻게 해야 하냐고. 자신들이 누군지, 자신들이 살아야 할 터전에서 어떻게 생존해야 하는지 이해하려면 어떻게 해야 하냐는 거야. 그리고 이제 우리는 그 답을 알지. 그걸 아는 사람이 필요하단 걸. 또는 적어도 매머드라는 존재가 어떤 삶을 살았는지 상상할 수 있는 사람이 필요하다는 걸 말이야.”

“전문가가 필요하지.”

“그래. 그리고 우린 그 전문가들이 모두 죽었다고 생각했어. 영구동토 밑에 묻힌 뼈랑 미라만 남은 줄 알았지.”

“그래도 해결 방안을 찾았잖아.”

“아니……. 우린 다미라를 찾은 거야. 그리고 다미라가 해결 방안을 찾은 거고.”

잠시 조용했다.

“그녀가 자네를 용서할 거라고 생각해?”

남자는 아노락 점퍼에서 터미널을 꺼내며 대답을 대신

했다. 화면을 켜고는 상대 남자에게 숫자를 보여주었다.

"요즘 코모디파이에서는 '신생 매머드 상아'라고 부르면서 그램당 가격을 책정했대. 투기지수에서는 줄여서 '신매상'이라고 하고. 자네에게 이 가격은 어떤 의미로 다가오나?"

"솔직히 말하면, 매년 몇 달 동안 말을 타면서 이 황무지나 돌아다니는 나에게 그 가격은 그저 '프랑스 리비에라'나 '달마티아 해안의 개인 소유 성' 같아. 슬슬 피곤하군."

"이해해. 나는 이 장소의 미래를 평가한 가격이라고 생각하거든. 매머드 무리가 늘어나고 있어. 그들이 풀을 뜯고 돌아다닐수록 초원이 넓어지고 숲을 밀어내 영구동토를 보호해. 지금 사육장에 털북숭이코뿔소와 카스피해늑대, 그리고 짧은얼굴곰 새끼 네 마리가 있어. 그중 아무도 여기서 한때 서식했던 동물들과 완전히 똑같지 않지. 모두 현대 동물들을 발판으로 만들어낸 유전학적 키메라*들이야. 현대 동물들의 자궁에 잉태해서 먼, 사실 그만하

---

* 사자 머리에 염소 몸통을 하고 뱀의 꼬리를 단 그리스 신화 속 괴물.

면 아주 가까운 친척들이 기른 거지. 우린 여기에 세상을 다시 세우고 있는 거야. 건강한 세상. 영구동토층이 그대로 있고 거대 동물들이 돌아온 세상. 나에게 엄니의 그램 당 가격은 이 모든 것의 미래야. 모스크바가 투자할 곳이 돌아왔다는 의미이기도 하지. 이 땅을 지원하고 계속 관심 있게 볼 거라고. 우리에게 자금을 대줄 거야. 그 가격을, 그리고 저 돈만 많은 얼간이들이 많아 봐야 1년에 한 번 감히 아무에게도 발설할 수 없을 무언가를 비밀리에 사냥하며 쓰는 비용을 말이야. 허용되지 않는 전리품을 향한 환상을 실현하기 위해 지불하는 그 돈이면 이 땅을 없애지 않을 충분한 이유가 된다고.”

“다미라도 자네와 같은 마음이라고 생각하는 건가? 그때…….” 남자는 쉽게 말을 잇지 못했다.

“첫 번째 삶에서 그녀가 겪은 걸 알고두?”

다시 오랫동안 침묵이 흘렀다.

“다미라에게 설명할 필요는 죽을 때까지 없을 테니 다행이야.”

“절대 그럴 수 없길 바라.”

드론은 불을 켜놓은 삼각 대형에서 나와 천천히 떠올

라 넓게 한 바퀴 돈 후 어둠 속으로 포물선을 그리며 날아
갔다.

스뱌토슬라프는 손을 뻗어 하강하는 드론을 잡았다.
제어 헤드셋의 충전 단자에 드론을 꽂은 다음 헤드셋을
충격 완화 방수 가방에 다시 넣었다.

40미터 정도 떨어진 곳에서 자고 있거나, 적어도 땅에
엎드리듯 누워 있는 뮤세나의 그림자가 꺼져가는 잉걸불
근처에서 어른거렸다. 라이플총이 곁에 있었다. 그 너머
로 지구상에서 그 어떤 물질보다 더 가치 있는 엄니들을
실은 노새가 세워져 있었다. 옆에는 나무 그루터기가 하
나 있었다. 뮤세나와 함께 나무를 자른 흔적이었다. 몇 시
간 정도는 따뜻하게 머물 수 있도록 땔감으로 쓰기 위해
서였다.

스뱌토슬라프는 플라스티다운 담요로 어깨를 더 꽉 감
싸며 생각했다. 떠도는 소문들이 있었는데, 현직 대통령,
대부분의 국가 정부 인사를 첩보부가 죽은 자의 의식체
를 지하 실험실에서 자란 신체에 입력시켜 부활하게 했
다는 것이었다. 그리고 그 실험에 참여한 일부 과학자들

도 스스로 부활했다는 소문이었다.

그렇게 표현했다. **부활했다.** 어떤 국가 실험으로 되가져온 의식체를 복제하고 저장했다가 새로운 신체에 입력시킨다니. 스뱌토슬라프는 믿기 힘들었다. 무슨 공상 과학 웹사이트나 오래된 영화, 만화책 등에서 가져온 사진이나 영상들을 짜깁기해서 만든 클립 같았다. 알 수 없는 정보들을 확신 있게 들리도록 변조한 목소리로 빠르게 설명하는 클립.

진짜일 수 있을까? 초원 어딘가를 돌아다니는 매머드 중에 다미라라는 이가 정말 있을까? 한때는 인간의 몸이었지만 지금은…… 매머드의 몸을 가진 의식체라고? 그 남자들은 확신에 찬 대화를 하고 있었다.

그래, 그 대화를 들으면 알 수 있었다. 그건 진짜다. 그들은 여느 진실을 말하듯 이야기했다. 그건 진실이다. 그렇다고 소년이 그 진실을 이 세상과 연결할 수 있는 것은 아니었다. 스뱌토슬라프는 다시 뮤세나를 바라보았다. 아마 이제 자고 있을 것이다. 하지만 어쩌면 저렇게 누워서 그저 기다리고 있는지도 모른다. 스뱌토슬라프는 뮤세나가 엄니를 팔아 챙길 어마어마하게 많은 돈을 자기와 나누지 않을 거라는 걸 알았다. 그 돈의 절반에 해당하는 금액만으로도 한 사람이 평생을 사는 데 부족하지 않겠지만, 그렇기 때문에 누구라도 그 돈을 나누고 싶어 하지 않을 것이다. 매번 돈 한 푼 없이 그저 땀 냄새와 술 냄새만을 풍기며 집으로 돌아오는 아버지를 봐오던 소년은, 뮤세나가 모르는 걸 알고 있었다. 뮤세나는 절대 엄니들을 팔지도 살아남지도 못할 것이다. 돌아가는 도중에 엄니를 빼앗길 것이다. 사기당할 것이다. 어쩌면 살해당할 수도 있다. 스뱌토슬라프의 아버지나 뮤세나 같은 사람은 부자가 되지 않는다. 그들은 집을 떠나 개인 소유 섬에서 살거나 아이들을 런던에 있는 대학에 보낼 수가 없다. 아니, 그들은 목적을 달성하긴 했다. 그저 다른 이들을 위한 물건을 찾아왔을 뿐이다. 그들이 열심히 한 노동은 버려지는 것이다. 엄니 같은 물건은 부자들만이 소유하거나 사들이는 게 아니었다. 이미 부자들은 **소유하고 있었기** 때문이다. 엄니는 그저 정당한 주인에게 넘겨지는 것이었다.

생명체들이 어떻게 저주받았는지, 그들이 어떻게 질병과 죽음을 퍼뜨렸는지 이야기하는 네네츠 신화에는 뭔가가 있었다. 소년은 그 매머드들을, 어린 수컷 매머드가 땅으로 쓰러지며 흐느끼는 소리를 생각했다. **저주받은** 것은 동물이 아니라 그 행동이었다. 동물이 가진 뭔가를 빼앗기 위해 그 동물을 죽이는 행동, 그저 팔아버릴 물건으로 바꿔버리는 행동. 저주받은 것은 땅을 파헤쳐서 망쳐놓는 그 행위 자체였다. 개울둑에 구멍을 뚫고 빙하기 때묻힌 송장들을 도려내는 행동. 그 일이 있고 나서 스뱌토슬라프는 개울물이 토사로 탁해지고 죽어가는 물고기들로 가득해진 모습을 본 적이 있었다. 흐르는 물결 속에 탐욕이라는 흔적이 소용돌이치고 있었다.

탐욕. 스뱌토슬라프는 잉걸 불씨가 모두 꺼졌는데도 계속 이 탐욕에 대한 생각을 머릿속에서 떨쳐낼 수가 없었다. 물론 자리를 뜰 수도 있었다. 뮤세나로부터 도망칠 수도 있었다. 비록 엄니들을 소유한 것은 아니었지만, 그저 그것들로부터 멀어지기만 하면 자기 인생은 살릴 수 있었다. 그 모든 부로부터 떠나버릴 수도 있었다. 그러면 뮤세나는 선택해야 할 것이다. 스뱌토슬라프를 쫓을지, 그냥 노새와 남을지. 뮤세나는 자신의 탐욕에 질 것이고, 엄니들을 선택할 것이다. 노새와 남기로 선택한 뮤세나는 덜 서두를 것이다. 스뱌토슬라프가 공원 밖에 숨겨 둔 ATV에 도착할 때쯤이면 뮤세나는 훨씬 뒤처져서 오고 있을 것이다. 뮤세나에게서 벗어나고 교통수단이 생긴 그 시점부터 스뱌토슬라프는 어디든 갈 수 있을 것이다. 가진 게 아무것도 없겠지만, 많은 이들이 아무것도 없이 새로이 시작했다.

소년이 드론을 작동시키고 오랫동안 앉아 있던 건 바로 그 때문이었다. 눈앞에 펼쳐진 지형을 조사하고 산으로 갈 수 있는 가장 좋은 길을 찾고 있었다.

그리고 매머드들도 찾고 있었다. 그렇다, 소년은 좋은 길뿐만 아니라 매머드들도 찾아보았다. 매머드들이 길을 막고 있지는 않은지, 주변에 있거나 소년과 뮤세나를 향해 이동하고 있는 건 아닌지 확인하기 위해서였다. 그러다가 드론은 드넓은 이 초원 어딘가에 주차해둔 큼지막한 벌락 세 대가 켜놓은 삼각 대형 불빛을 찾았다. 벌락들은 소년이 가야 하는 길목의 거의 정면에 세워져 있었다. 다음 날이면 충분히 마주칠 수 있는 거리였다.

소년 옆에 놓인 가방에는 며칠 동안 버틸 식량과 멀티 툴, 도끼, 그리고 드론과 제어 헤드셋이 들어 있었다. 그

거면 혼자 탈출하기 충분했다. ATV와 터미널 몇 대만 손에 넣으면 타이가를 벗어나 차를 타고 질주할 수 있다. 팔수 있는 것들을 팔아 약간의 돈을 마련할 수 있을 것이다. 그 돈으로 기차표 정도는 살 수 있을 터였다.

스뱌토슬라프는 엄마가 언젠가 보여주었던 지중해 무역로들을 연결한 지도를 다시 떠올렸다.

이곳을 떠나 다른 곳으로 갈 수 있을 것이다. 그 다른 곳에서 또 다른 곳으로 갈 기회를 쫓을 것이다. 결국 소년은 빛줄기를 따라 더 멀고도 멀리 뻗어나가 훨씬 넓게 연결된 어딘가에 도착할 것이다.

출구를 찾아 다른 세상으로 들어갈 수 있을 것이다.

그때 소년은 그들을 보았다.

오려 붙인 듯한 형체들이 지평선 너머로 움직이고 있다니, 처음엔 믿을 수가 없었다. 불가능한 일이었다.

그들은 이미 와 있었다. 뮤세나로부터 20~30미터 정도밖에 떨어지지 않은 곳이었다. 스뱌토슬라프는 자기도 모르게, 어쩌면 자기가 죽을 수도 있는 가장 최악의 행동이라는 걸 알면서도 소리를 질러 경고했다.

뮤세나가 일어나 앉으려는 게 보였다. 불길 사이로 게

처럼 기어 잉걸불을 흩뜨리며 자리에서 일어나려고 애쓰고 있었다. 형체들이 가까이 오고 있었다. 첫 번째 매머드가 뮤세나에게 다가갈 때 암흑 속에서 하얗게 빛나는 엄니가 보였다. 매머드는 머리를 흔들며 엄니로 뮤세나의 몸을 들어 공중으로 던졌다.

바닥에 던져져 데굴데굴 구른 뮤세나가 다시 일어서려고 했다. 매머드가 울부짖더니 머리를 낮추고 돌격했다. 뮤세나를 밟고 지나간 뒤에는 사람처럼 보이는 형체라곤 전혀 남아 있지 않았다.

그러나 매머드는 멈추지 않았다. 호를 그리며 돌더니 스뱌토슬라프를 향했다.

빨랐다. 매우 빨랐다. 사냥꾼 일행이 매머드 두 마리를 죽였을 때 남은 매머드들이 달아나던 그 속도를 본 적은 있다. 그토록 거대한 동물이 그렇게 빠르게 움직일 수 있다니 비현실적으로 보였다.

그들은 그 어떤 사람이 달릴 수 있는 것보다 빠르게 그들 사이의 공간을 가로지르고 있었다.

소년은 이해했다.

'매머드들이 그…… 그런 식으로 사람들을 공격한다는

소리를 들은 적 있어요? 마치 우리를 사냥한 것 같았어
요.'

'매머드는 멸종했어, 얘야. 그들이 살아 있었을 때 어땠
는지는 아무도 모르는 거야. 그리고 우릴 공격한 건 매머
드가 아니야……'

매머드는 둘 사이의 공간을 가로질렀다.

"다미라!" 스뱌토슬라프가 소리쳤다. "다미라! 멈춰
요!"

소년은 무릎을 꿇었다. 공처럼 몸을 웅크리고 본능에
따라 두 손을 머리 위로 올려 깍지를 꼈다. 그렇게 하면
왜인지 자기를 살려줄 것 같았지만, 한편으론 이제 죽었
다고 생각했다.

11

“백 미터 이상 떨어진 거리에서만 사격해야 해요.” 콘스탄틴이 말했다.

앤서니가 끄덕였다.

“만약 측면에서 사격해야 한다면 귀 주름을 겨냥하세요. 정면에서 사격한다면 두 눈 사이를 겨냥하고요. 가장 중요한 건 먼저 마음속에 그려보는 거예요. 제가 이야기한 겨냥 포인트를 기억하고 대상을 향해 마음속으로 그려본 다음 정확히 명중해야 합니다. 매머드의 뇌를 명중하는 건 어려운 일이 아니지만 각도를 공식에 대입해보면 어려운 일이 되지요. 동물의 크기는 사냥꾼과의 거리에 따라 조준 각도에 영향을 주는데, 이는 거리에 따라 변하니까요.”

"전에 코끼리를 명중한 적이 있어요."

블라디미르가 끼어들었다. "어디에서? 어떻게?"

"아무도 모르는 비밀 게임 공원이 있어. 보안이 아주 철저하지. 그런데 완벽한 야생 코끼리는 아니었어……. 사육장에서 자라다가 풀어둔 애들이라. 그렇게 도전적이진 못했지."

앤서니는 두 모습을 하고 있었다. 한 명은 블라디미르가 잘 알고 있는 남자로서, 빈틈없이 옷을 잘 차려입고 감정을 억누르며 자신의 비범한 부를 아무렇지 않게 다루는 사랑스러운 사람이다. 블라디미르로서는 어떻게 해도 그렇게 대단한 부자로 태어나거나 그들 사이에서 자랄 수 없었겠지만, 앤서니와 함께한 지는 10년이 넘었다. 부자들이 사는 세상을 아주 잘 알아갈 수 있는 충분한 시간이었다. 그들 사이에는 절대 하나의, 일치된 '유형'은 없었으나 일반화할 수는 있었다. 재무 관리자들과 개인 비서, 경호원, 모든 종류의 집사들이라는 인간 요새에 둘러싸인 그들은 완벽하게 격리되어 접근이 거의 불가능했다. 또한 세상을 냉소적으로 바라보았다. 그도 그럴 것이, 그들을 둘러싼 요새를 기습하는 이들은 재정 지원을 구하는 아첨꾼이나 자선단체들이거나 어설픈 아이디어에 투자를 원하는 온갖 기업들이기 때문이다.

그리고 그들은 서로를 싫어했다. 아무도 다른 이들이, 아무리 부자일지라도 이 행성에 어떤 가치를 가져다주지 않는다고 생각했다. 그러면서 종종 스스로는 가치가 있다고 믿기도 했다.

앤서니는 자기 자신이 가치가 있다고 생각한다는 것 외에 어느 정도까지는 이 모두에 해당했다. 말로 표현할 수 없는 부잣집에서 태어났어도 향기로운 거품이 가득한 특권이라는 욕조의 바깥세상이 어떤지를 완벽하게 알고 있는 듯했다. 그는 변화를 불러올 수 있다는 사실은 믿지 않으면서 자기가 믿는 조직에는 어마어마한 금액을 익명으로 투척하기도 했다. '실제로 가치 있는 일을 하는' 곳들이라고 부르면서 칭찬받아 마땅하다는 것을 알고 있었다. 그리고 세상을 그렇게 냉소적으로 바라보지도 않았다. 오히려 함께 아우러졌다. 현실적이고 품위 있었다.

블라디미르는 앤서니와의 10년이 넘는 친밀한 관계 속에서, 그렇게 생각해왔다. 그런데 아주 우월하게 히죽대며 콘스탄틴의 설명을 듣고 있는 이 낯선 남자는 누구인가? 이곳에서 거의 나고 자란 것과 마찬가지인 콘스탄틴 보다 자신이 더 잘 알고 있다고 확신하는 이 오만한 남자 는 누구였을까?

"매머드는 폐나 심장을 맞아도 바로 죽지 않아요. 아주 감성적인 동물이기 때문에 고통 없이 빨리 죽는 게 나아 요. 이해하지요? 정확하게 끝내야 합니다."

"이해합니다. 콘스탄틴 당신은 매머드를 죽여본 적이 있나요?"

앤서니와 콘스탄틴은 블라디미르와 아슬라노프 박사 와 함께 걷고 있었다. 그중 콘스탄틴과 앤서니만이 총을 들고 있었다. 앤서니의 질문에 침묵이 이어지자, 부츠를 스치는 잔디 소리만이 났다.

"제가 매머드를 사냥한 적이 있느냐고 묻는 거라면, 아 니요. 그런 적이 없습니다. 현시대에서는 아무도 매머드 를 사냥하지 않지요."

"코끼리는 잡아본 적 있나요?"

"아니요. 저는 그런 짓을 할 정도로 부자가 아니거든 요."

블라디미르는 콘스탄틴이 말을 끝까지 하지 않았다는

걸 알았다. '**그리고 제가 부자라도 그런 짓을 하진 않을 테고요.**'

"전 경험이 있어요. 그들을 어떻게 쏴야 하는지 알고 있습니다. 그저 제 총을 사용하도록 허락해준다면요."

블라디미르는 아슬라노프 박사와 콘스탄틴이 시선을 주고받는 걸 보았다. 콘스탄틴은 분노에 찬 눈빛을, 아슬라노프 박사는 경고하는 눈빛을 하고 있었다.

"이곳엔 정해진 규칙이 있습니다. 저희가 갖고 있는 총들도 아주 좋다는 걸 알아줬으면 좋겠군요. 우수한 품질이니 제 일을 톡톡히 해낼 겁니다. 물론 미리 시험 사격을 해볼 수 있고요."

"맞아요. 좋은 총이네요. 탄환들도 좋고요. 뭐가 되었든 머리뼈를 관통할 만한 강한 힘을 갖고 있어요."

앤서니는 마치 스포츠카 엔진이나 요트 디자인을 찬양하듯 말했다. 지금, 이 앤서니 목소리는 사뭇 다르게 들렸다. 거리감 있고 거들먹거리는 말투였다.

블라디미르는 이 앤서니를 직접 봐야 했다. 보안 설정이 된 휴대전화에 저장해둔 전리품 사진을 바라보는 사랑하는 남자의 얼굴에 그림자가 지고 있었다. 블라디미르가 사냥 여행이 어땠는지 물어봤을 때 앤서니가 짓던 눈빛. 블라디미르는 그것을 아무와도 공유하지 않는 낯설고 비밀스러운 취미에서 비롯된 앤서니가 가진 가짜 성격을 얼핏 보여주는 억지웃음이라고 치부했다. 블라디미르는 인간 내면에 분열이 인다는 것이 정확히 무엇인지 불과 어제까지도 이해하지 못했다. 그저 함께 살고 있는 남자를 거의 다 이해한다고, 누구나 그렇듯 비밀 한두 개쯤은 갖고 있는 것뿐이라고 생각했다.

이제야 블라디미르는 다른 것을 보았다. 눈앞에 제2의 앤서니가 있는 것 같았다. 지금까지 그는 앤서니의 절반이랑만 살고 있었다. 진짜 두려운 건 어쩌면 그가 사랑했던 너그럽고 품위 있는 그 절반의 앤서니가 어쩌면 다른 이 절반 때문에 존재할 수도 있다는 생각이었다. 살해를 즐기는 이 남자 덕분에 말이다. 혹은 그가 사랑한 남자가 그 절반도 미치지 못하는, 현재의 이 앤서니로부터 남은 **잔여물**에 불과할 수도 있겠다는 생각이었다.

이런 앤서니는 블라디미르에게는 완전히 낯선 사람이었다.

이 사냥 여행에 따라오지 말았어야 했다. 앤서니는 블

라디미르에게 **같이 가자고** 하지 말았어야 했다. 이런 모습을 보여주지 말았어야 했다. 이건 둘 사이를 망가뜨리기 충분했다.

앤서니가 고개를 돌리며 물었다.

"괜찮아, 디마?"

"네, **브와나*.**"

블라디미르는 앤서니의 얼굴이 붉게 달아오른 것을 확인하기 위해 굳이 얼굴을 돌려볼 필요가 없었다.

그때 블라디미르는 자신이 왜 그 자리에 있는지 깨달았다. 블라디미르가 좋은 앤서니를 사랑하기 때문이었다. 앤서니는 블라디미르가 자신의 다른 부분도 기꺼이 사랑해줄 것으로 생각했다. 그러길 바랐다.

그러나 그러지 못했다.

"그 매머드는 얼마나 멀리 있죠?" 앤서니가 물었다.

"정확히는 모릅니다. 여기서 몇 시간 정도 걸어가면 샘터가 있어요. 거기에 웅덩이를 이루고 있죠. 제가 오늘 아침에 말을 타고 나가봤을 때는 그곳에 있었어요. 어쩌면

---

* 사장님, 주인님이라는 뜻으로 동아프리카 일부에서 남자 윗사람을 부를 때 쓰는 호칭.

아직도 그곳에 있을 수도 있고 이동했을 수도 있어요. 먹이들이 널려 있을 테니 제 생각엔 굳이 물가를 떠나지는 않았을 것 같군요. 우린 내일 동이 트기 전에 떠날 겁니다. 만약 그 매머드가 돌아온다면 우리는 바람이 불어오는 쪽에 자리를 잡을 수 있을 거예요.”

12

소년에게는 온갖 냄새가 났다. 아드레날린이 안개처럼 뿜어나와 다른 것들을 알아내기 어렵게 했다. 그 아래로는 퀴퀴한 땀내와 세탁하지 못한 옷의 더러운 체취가 났다. 그 옷에서는 먼지나 꽃가루 같은 이곳 특유의 냄새도 났다. 그러나 무엇보다도 소년의 땀구멍이나 입고 있는 옷가지 등에 차곡차곡 쌓인 채 머무는 냄새는 아무래도 다미리 자신이 사람이었을 때의 냄새였다. 사람이 먹던 음식과 살던 방식. 언뜻 스치는 헤어 제품이나 비누의 향이 친근하게 다가와 기억 몇 가닥을 끌어당겼다.

다미라 옆에서 걷는 소년은 거의 쉬지 않고 이야기했다. 다미라가 느끼기에 소년은 두려움에 휩싸여 제정신이 아니었고 아직도 충격에서 벗어나지 못하고 있었다.

이런 식으로 인간이 말을 걸어올 거라고 다미라는 단한 번도 생각하지 못했다. 마치 자신이 아직도 인간이라는 듯이. 소년은 어떻게 다미라를 알게 되었는지, 다른 사냥꾼들과 한패인 아슬라노프 박사에 관해 무엇을 아는지 이야기했다. 어쩌면 소년은 지금 이 정보를 자기 목숨과 맞바꾼다고 생각할 수도 있다. 마치 계속 이야기하지 않으면 그녀가 생각을 바꾸고 전에 일행들에게 그랬듯이 자신에게 돌진해 죽일 것처럼.

그러나 새벽빛 아래서 천천히 걷던 다미라는 이야기에 반쯤 귀를 기울이고 있을 뿐이었다. 다미라는 아슬라노프 박사가 여기서 무슨 일을 꾸미고 있는지 집중해서 들어야 한다는 걸 알면서도 그러지 못했다. 머릿속이 산만하고 심란해졌다.

두려움을 지나서 느껴진 소년의 냄새는 한 달 동안 티만-페초라 유전에서 일을 마치고 막 돌아온 티무르 삼촌 냄새와 너무 비슷했다. 삼촌은 언제나 이런 냄새를 풍겼다. 씻지 못하고 간접흡연으로 인한 담배 냄새가 흠뻑 밴 옷가지들 냄새. 티무르 삼촌이 거기서, 다미라 옆에서 걷고 있었다. 또한 소년이 풍기는 불 내음과 그녀 마음속에 남아 있던 불의 흔적은 와무군다를 곁으로 데려왔다. 소년에게서 나는 밥과 생선 냄새는 다미라의 엄마를 데려와 함께 걸었다. 소년이 쓰는 비누 향에 다미라는 첫 키스 상대였던 알렉시와 함께한 여름 캠프로 돌아갔다. 소년의 더러운 머리 냄새는 에와소웅기로에서 야영할 때 양동이에 머리를 감기 위해 모자를 벗었을 때 나던 다미라 자신의 머리 냄새와 정확히 똑같았다.

소년은 다미라 옆에서 배회했고 다미라는 겹겹이 쌓인 냄새를 들이마시며 기억했다. 배회하는 소년은 한 명이 아닌, 계속해서 변하는 무리였다. 티무르 삼촌, 와무군다, 엄마, 여름 캠프에서 만난 알렉시, 다미라 자신, 그리고 무사와 옐레나, 소년이 손을 씻을 때 썼을 비누와 같은 비누를 쓰던 초등학교 선생님. 그리고 어렸을 때 살던 동네에서 작은 편의점을 운영하던 남자. 남자의 재킷에서는 언제나 오래된 담배 냄새가 났다. 뒤섞인 기억 덩어리에서 사람들이 나가고 들어왔다. 하나의 기억이 다른 기억, 또 다른 기억과 연결되면서 사람들은 다른 사람들로 끊임없이 변했다.

다른 매머드들 역시 소년에게 다가와 트렁크 끝으로

소년의 옷과 얼굴을 쓰다듬었다.

초원에서 태어난, 그중 가장 어린 매머드에게는 생전 처음 맡아보는 냄새들이었다. 나이 든 매머드들은 울타리를 지키던 사육사들을 기억할 것 같다고 다미라는 생각했다. 지금보다 더 안전하고 정연하지만 제한이 있던 삶을 떠올릴 것이다.

다미라는 갑자기 드는 어떤 생각으로 몽상에서 깨어났다.

그들은 이익을 추구하기 위해 우리를 죽여도 된다고 생각한다. 그들은 이 장소를 유지하기 위해 **우리를** 이용할 수 있다고, 우리 몸을 갈가리 찢어 **재정 지원을** 받을 수 있다고 생각한다.

다미라가 소년을 보려고 고개를 돌렸을 때 어깨에 라이플총을 멘 무사를 보았다. 무사는 새파란 하늘 위를 올려다보고 있었다.

"우리의 날이 올 거야. 그리고 이런 짓을 한 밀렵꾼들의 시체는 에와소응기로 강둑에 흩어져 파리 떼에 덮일 거야."

"맞아요." 와무군다가 무리 속에서 말했다. 이미 날이 밝았지만, 불빛에 비친 얼굴의 그림자 각도가 변했다.

“우리의 날이 올 거예요.”

소년이 뭔가를 이해했나? 다미라의 눈빛에서 뭔가를 봤을까? 이제 소년은 홀로 서 있었다. 매머드 무리가 멈춰 섰다.

“저는 그 사람들이 어디에 있는지 알아요.” 소년이 말했다.

다미라는 트렁크를 들어 올려 쿵쿵거렸다. 다미라는 그들 냄새를 맡을 수 있을까? 아슬라노프 박사와 일행들 냄새를? 그건 아니었다. 아무 냄새도 나지 않았다. 어쩌면 그들은 바람을 타고 있을 것이다. 혹은 아주 가까이에 있지 않거나.

“제가 도울 수 있어요. 봐요.”

소년은 자리에 앉아 가방을 열었다. 어린 매머드 두 마리가 소년에게 다가와 소년의 팔과 가방을 어루만졌다. 소년이 꺼낸 더 작은 가방에서 다미라가 이전 삶에서 알았던 물건이 나왔다. 관찰용 드론을 제어하는 헤드셋. 그리고 곤충처럼 생긴 드론이 충전기에 바짝 붙어 있었다.

“제가 그 사람들을 찾을 수 있어요. 그러면 그 사람들의 행동을 멈출 수 있을 거예요.”

다미라는 소년에게 천천히 다가오는 카라를 보았다. 트렁크를 길게 뻗어 냄새를 맡고 있었다. 다미라는 카라가 맡는 냄새가 뭔지 알았다. 다미라 자신도 맡았기 때문이다. 소년을 이루는 다른 냄새들에 묻힌 희미한 냄새. 코욘의 피, 소년처럼 두려움에 휩싸인 아드레날린, 이미 부패하기 시작한 냄새.

소년이 저질러온 죄의 냄새.

카라는 소년 뒤로 가서 한쪽 앞다리를 들었다. 소년은 보지 못했지만, 다미라는 볼 수 있었다.

복수. 다미라가 무리에게 가르친 것이다. 그들은 이 소년을 아무것도 아닌 것처럼 땅에 마구 문지르고 더는 인간 형체가 남지 않을 때까지 밟아 뭉개버릴 수 있었다. 아무도 그를 알아보지 못할 때까지.

소년이 연루된 일에 대한 대가를 치르게 할 수도 있었다. 코욘을 위해. 예케낫을 위해.

한껏 들어 올린 발은 마치 질문과도 같았다.

다미라는 아무것도 하지 않았다.

카라, 네가 결정해야 해. 코욘의 죽음은 네 거야.

다미라는 카라의 분비샘에서 피어오르는 템포린*을 맡

을 수 있었다. 슬픔과 분노가 공존하는 냄새.

네가 결정해야 해.

죽음이 자신에게 향하고 있다는 걸 모르는 이 연약한 소년은 말했다.

"이걸로 찾을 수 있거든요. 어쩌면 그들이 당신들을 더 죽이기 전에 멈출 수 있을 거예요. 제가 해볼까요? 그들을 찾는 걸 도와줄까요? 만약 그렇다면 트렁크로 제 손을 만져주세요."

카라는 트렁크 끝으로 소년이 입은 옷 위를 더듬고는 입으로 가져갔다. 그러고는 곧바로 몸을 돌렸다.

자비. 글쎄, 다미라는 무리에게 **자비를** 가르친 적은 없다. 과연 그 감정이 지속될지도 알 수 없었다. 다미라는 트렁크를 소년의 손에 갖다 댔다.

"좋아요. 여기서 멀지 않은 곳에 있어요. 그리고 그들은 밀렵꾼들에게 무슨 일이 일어났는지도 모르고 있고요. 아직은요. 야영하는 곳으로 가서 놀라게 해줄 수도 있을 거예요. 계획을 세워야 해요. 그들과 맞서도록…… 제

---

* 코끼리들이 발정기에 내뿜는 분비물.

가 도울 수 있어요. 우리가 그들을 막을 수 있어요.” 소년이 말했다.

다미라는 소년의 손을 건드린 트렁크를 입천장에 갖다 대었다. 다시 한번 눈앞에 있는 소년이 흐릿해지더니 전에 알던 많은 이들로 변했다. 그리고 에와소응기로 옆에서 무릎을 꿇고 양동이에다 머리를 감는 다미라도 그중 한 명이었다. 그녀가 돌보는 코끼리 사체들로 강이 더럽혀지기 며칠 전이었다.

“제가 돕고 싶어요. 제가 모든 걸 바로잡고 싶어요.” 소년이 말하고 있었다.

그래, 그녀 역시 언제나 바라던 것이었다. 모든 걸 바로잡는 것.

13

　그들은 수컷 매머드로부터 바람이 불어오는 방향에 있었다. 네 명 모두 경사진 쿠르간 꼭대기 바로 너머 풀밭에 엎드려 있었다. 아슬라노프 박사가 맨 왼쪽, 그 옆에 블라디미르와 앤서니, 그리고 콘스탄틴 순이었다. 콘스탄틴이 모두에게 이어버드를 나눠주어 각자 오른쪽 귀에 끼도록 했다. 신중하게 생각한 내용을 속으로 말하면 관자놀이에 착용한 검정 알렉산더 고리를 통해 모두의 이어버드에 잡음이 섞인 낮은 기계음으로 흘러나왔다.

　매머드들은 앞이 잘 보이지 않아요. 지금 있는 곳에서 우리를 발견하지는 못할 겁니다. 하지만 청각과 후각은 상상도 할 수 없을 정도로 인간들보다 훨씬 뛰어나지요. 특히 이렇게 얕은 산등성이에서 청각은 섬뜩할 정도로 예민합니다. 10킬로미터 떨어진 곳에서 다른 매머드가 걸어오는 걸 진동을 통해 알수 있다고도 해요. 저도 그게 사실이라고 생각하고요. 그러니까 지금 가장 중요한 건 기회가 올 때까지 가만히 있는 겁니다.

한 시간쯤 같은 자세로 움직이지 않고 기다리는 동안 초원을 날아다니는 파리들이 손과 얼굴에 앉아 손가락 관절과 광대뼈 위를 기어다니며 위액을 뱉어내고 다시 맛보기 위해 핥아댔다. 블라디미르는 인류가 모기를 박멸할 때 이런 흡혈 파리 집단에도 바이러스성 DNA를 주입해서 다시는 날갯짓하지 못하게 했으면 좋았을 텐데 하고 생각했다.

콘스탄틴이 착용하고 있는 알렉산더는 수동으로 장치를 켜고 끄는 구형 모델이었다. 볼펜처럼 생긴 장치는 끝을 클릭하고 옆면을 좌우로 문질러 볼륨을 제어할 수 있었다.

블라디미르는 자신이 그런 것들을 착용하게 될까 두려웠다. 자기 생각을 투영하려면 고도로 집중해야 한다고, 남들이 실제로 내 생각을 '읽는 건' 아니라고 여러 번 설명을 들어왔는데도 말이다. 그는 분명 자신의 진심이 드러날 것이고 사람들이 다시는 자신을 믿지 않게 될 거라고 확신했다. 그중에서도 정말 두려운 건 사람들이 자신을 이해하게 될 거라는 사실이었다. 사람들은 다들 이해받고 싶다고 말한다. 하지만 진정으로 그걸 바라는 사람이 과연 있을까?

이 알렉산더 어쩌고가 일방적인 기계라서 정말 다행이었다.

시간은 충분히 있어요. 그러니 기회가 올 때까지 그저 기다려요.

옆에 있던 앤서니는 짜증이 나서 얼굴을 찡그렸다. 앤서니가 자세를 다시 잡으니 라이플총 총구가 밝은 공기 속에서 작은 원을 그렸다.

습기 찬 구멍을 통해 수컷 매머드를 지켜본 지 꽤 오랜 시간이 지났다. 매머드는 계속 그들을 등지고 서 있었다. 블리디미르는 한 시간 정도 지났다고 생각했으나 더 오래되었을 수도, 아니면 훨씬 덜 되었을 수도 있었다. 하지만 전혀 알 길은 없었다.

움직이는 게 이렇게 무서운 건 처음이었다. 이 모든 침묵과 정적에 떠밀려 어떻게든 움직이거나 자세를 바꾸거나 갑자기 말을 꺼내고 말 거라고 확신했다. 그러면 수컷 매머드는 도망칠 것이다. 앤서니는 그를 영원히 증오할 것이다. 온 근육이 고통스럽게 저리고 몸은 자세를 바꾸길 강력하게 원했지만, 매머드를 놀라게 해 도망가게 만드는 장본인이 되는 건 진짜 무서웠다. 그래서 그는 누구보다 더 꼼짝하지 않은 채 풀밭에 누워 있었다.

그는 몇 분마다 느껴지는 팔다리의 고통과 손가락 마디를 기어다니며 따끔거리게 만드는 파리들을 뚫고 어떤 경이로운 감각에 휩싸였다. 그리고 두 눈으로 보았다. 매머드. 초콜릿색의 거대한 야수. 입술로부터 우아한 곡선을 그리며 아래를 향하다가 살짝 바깥으로 뻗치고는 다시 호를 그리며 올라간 저 장대하고 기다란 엄니들.

그야말로 살아 움직이는 그림이자 어린 시절의 환상이었다. 매머드가 그들을 등진 채 좌우로 몸을 흔들며 트렁크를 웅덩이에 담갔다가 입안에 물을 뿌렸다. 저 모습은 마치 이 시간과 세상에 뚫린 구멍 같았다. 그것은 부활이었다. 절대 **있을 수 없는 일**이 일어나고 있었다.

만약 저 매머드가 움직여 이쪽을 향한다면 그대로 죽게 될 것이다. 블라디미르는 저 매머드가 계속 뒤돌아 서 있기를 내내 바랐다.

그는 가능한 사격 도표 두 가지를 이미 보았다. 측면에서 사격할 때는 귀 안쪽의 V자 모양을, 정면에서 사격할 때는 두 눈 사이 정가운데를 겨냥하는 것이었다. 블라디미르는 둘 중 어떤 각도가 나오더라도 그 결과가 어떨지 알았다. 앤서니는 이 동물을 죽일 것이다. 이 경탄스럽고 감히 그 존재도 믿을 수 없는 동물을.

그저 하나의 생각만이 마음속에 계속 떠오를 뿐이었다. '네가 그 방아쇠를 당기면, 난 널 사랑하지 않을 거야.'

블라디미르는 만약 자신이 저 알렉산더 카본 블랙 밴드를 착용하고 있다면 앤서니가 명료하게 자기 생각을 들었을 거라고 확신했다.

그냥 하는 말이 아니었다. 진심이었다. 앤서니가 저 방아쇠를 당기고, 거의 땅에 끌릴 듯 터무니없이 아름답게 흰 엄니를 가진 육중한 털북숭이를 쓰러뜨려 죽인다면, 블라디미르는 앤서니를 사랑하는 걸 그만둘 것이다.

그렇다. 이건 테스트였다. 앤서니는 블라디미르가 자기를 온전히 사랑해줄 수 있는지 알고 싶었다. 그는 자기가 가진 결점마저도 포함한 모든 걸 사랑받고 싶었다. 그렇지만 이건 결점이나 기벽도, 개인적 결함도 아니었다.

의도가 다분했다. 이 사냥은 아무 목적 없이 파괴하는 행동에 불과했다……. 그럴듯한 목적이 있을 수 있나? 블라디미르는 이해할 수 없었다. 앤서니가 매해 벌어들이는 수입, 재산. 수십억 단위로는 셀 수도 없을 만큼 엄청난 돈의 세상에서 사는 사람이 실제로 소유한 재산들. 이 사냥은 왜 필요한 거지? 권력 때문에? 하지만 전문가를 따라 풀밭에 엎드린 채 손에 든 기계만이 절대적인 통제력을 갖는 걸 알고 있는 지금 권력은 도대체 어디에 있단 말인가? 이건 권력 문제가 아니었다.

아니다, **권력이다.** 권력이란 굳이 그럴 필요가 없어도 파괴할 수 있는 능력이었다. 필요해서가 아니라, 순수한 과잉 행위로써 행하는 것. 그저 할 수 있는 일이기 때문에 하는 능력이었다. 어쩌면 그 능력이야말로 가장 위대한 권력인지도 모른다. 다른 이는 죽일 수 없는 걸 죽일 수 있는 능력이라니.

기적을 부활시키고, 다시 파괴하는 일.

'네가 그 방아쇠를 당기면, 난 널 사랑하지 않을 거야.'

매머드가 고개를 들었으나 사격이 가능한 각도는 아니었다. 매머드는 트렁크를 공기 중으로 구부려 올렸다. 냄새를 맡고 있었다.

뭔가를 감지했어요. 절대 움직이지 말아요. 알렉산더의 기계음이 들려왔다.

그러나 그때 블라디미르 역시 무언가를 느꼈다. 뭐지? 동요하는 땅. 땅이 전율하며 움직이는 느낌이었다.

아슬라노프 박사가 고개를 들어 뒤돌아보았다. 다들 오랫동안 아무 말없이 움직이지 않고 있다가 갑작스러운 박사의 움직임에 깜짝 놀랐다. 블라디미르도 뒤를 돌아보았다. 그들이 시야에 들어오는 순간 블라디미르는 앤서니의 팔을 붙잡았다.

그리고 총이 발사되었다.

블라디미르는 그렇게 가까이서 총이 발사되는 걸 처음 겪었다. 귓가가 울리고 다른 소리가 희미하게 들렸다. 그러나 그는 그걸 거의 알아채지 못했다. 앤서니가 욕을 내뱉는 것도 알아채지 못했다. 그저 눈앞에서 돌진해 오는 매머드들만이 머릿속을 가득 채울 뿐이었다. 거대했다. 그리고 아주 가까웠다.

달려야 해요.

머릿속에 들리는 목소리는 스스로의 생각이기도 했다.

왼쪽으로 달려요. 벌락이 있는 곳으로. 아슬라노프 박사를 따라가요. 뛰어요!

그는 이미 요동치며 미끄러지는 땅 위를 달리고 있었다. 고개를 돌려 앤서니가 뒤따라오는 걸 보았다. 어깨에 라이플총을 멘 채 열심히 뛰고 있었다.

쿠르간 꼭대기에 콘스탄틴이 서 있었다. 그는 고개를 들어 자신을 향해 달려오는 무리를 향해 라이플총을 겨누고 있었다.

앤서니가 블라디미르의 팔을 잡아 앞으로 밀며 더 빨리 달리도록 했다. 등 뒤로 콘스탄틴의 총소리가 들렸다.

산등성이 가장자리에 가까워지자, 알렉산더의 목소리는 잡음 때문에 잘 들리지 않았다.

벌락에 도착하면 운전기사들에게 바로 출발하라고 해요. 지금 당장요. 나를 기다리지 말아요.

블라디미르는 마지막으로 백색소음 속에서 모기가 윙윙거리는 소리만큼이나 아주 작은 콘스탄틴의 생각을 들었다.

다미라.

14

"옛날 옛적에 코끼리에게는 기다란 코가 없었어요. 그저 신발만 하고 거무튀튀하고 불룩한 코를 양옆으로 꿈틀거릴 뿐이었어요. 그런 코로는 아무것도 집을 수가 없었지요. 그러다가 새끼 코끼리가 태어났어요. 그녀는 정말 호기심이 많아서 틈만 나면 질문을 하곤 했지요……."

다미라는 다시, 티무르 삼촌이 읽어주는 책 이야기를 듣고 있었다. 이렇게 그녀가 다른 곳에 동시에 있을 수 있는 건 매머드, 그러니까 코끼리 의식체가 가진 선물과도 같았다. 현재에 존재하면서 과거를 살고 있는 것. 어떤 몽상, 또는 망각의 공허함 속에서 인간이 기억해낼 만한, 돋보이는 계단이나 침대 시트나 책장처럼 조각난 과거가 아니었다. 정말로 다미라는 그곳에 있었다. 티무르가 침대맡에 앉아 책을 읽고 있었고, 그 책을 감싼 평범한 천 덮개는 책 속에 담긴 동물의 경이로움에 대해 전혀 알려 주지 않았다. 책장이 거기에 놓여 있었고, 각진 꽃무늬 카펫이 먼지투성이 모직 냄새를 풍기며 침대 옆 벽에 못으로 걸려 있었다. 방의 벽지는 빛바랜 녹색이었고, 그보다 더 흐린 붓놀림으로 표현한 잎사귀가 그려져 있었다. 다미라는 가끔 잠에 빠져들 때면 숲속으로 들어간다고 생각하곤 했다.

그녀는 티무르 삼촌이 따뜻하게 울리는 목소리로 잇는 세상 속에서 반쯤 잠이 들고 있었다. 그러다 정신을 똑바로 차리면 마치 키플링이 《바로 그런 이야기들Just So Stories》*의 구절 사이에 찍어둔 스타카토 마침표 같은 눈송이가 창 위에 부딪히는 소리를 들을 수도 있었다.

"그 새끼 코끼리는 아프리카에 살고 있었는데, 그녀의 '끝없는 호기심'은 아프리카 대륙을 가득 채울 정도였답니다. 키가 큰 타조 이모에게 꼬리 깃털이 왜 그렇게 자랐

---

* 1902년 영국 작가 러디어드 키플링Rudyard Kipling이 어린아이들을 위해 쓴, 여러 동물 이야기를 엮은 동화책.

는지 묻자, 키가 큰 타조 이모는 단단한 발톱으로 새끼 코끼리를 세게 때렸어요. 키가 큰 기린 삼촌에게 왜 온몸이 그렇게 점박이투성이냐고 묻자, 키가 큰 기린 삼촌은 단단한 발굽으로 새끼 코끼리를 걷어찼지요. 그런데도 새끼 코끼리는 넘치는 호기심을 참을 수가 없었어요! 그녀는 거대한 하마 이모에게 왜 두 눈이 그렇게 붉은지 물었고, 거대한 하마 이모는 거대한 발굽으로 새끼 코끼리의 엉덩이를 때려줬어요. 털북숭이 개코원숭이 삼촌에게 왜 멜론이 그런 맛이냐고 물었다가 털북숭이 손바닥으로 엉덩이를 맞았지요. 그런데 아직도 새끼 코끼리는 궁금했어요! 보고 듣고 느끼고 냄새를 맡고, 또 만지는 것마다 모든 걸 물었고 질문을 받은 모든 이모와 삼촌은 대답하는 대신 그녀의 엉덩이를 때려주었습니다. 그래도 새끼 코끼리는 끊임없이 샘솟는 호기심으로 가득 차 있었지요!"

옛날 옛적에, 티무르 삼촌이 살아 있던 시절, 그리고 다미라의 엄마도 살아 계셨던 시절. 겨울이면 하염없이 내리는 눈이 너무 높이 쌓여 학교로 향하는 좁은 길이 새하얗게 굽은 협곡이 되던 시절. 먼지 한 덩어리라도 들어오면 얼마든지 응집되기 시작할 가능성이 구름처럼 뭉게뭉게 피어오르던 시절. 선물 받은 코끼리 인형 하나가 만들어낸 중력을 중심으로 성격을 형성하기 시작하고, 불이 붙을 때까지 충분히 단단해질 수 있었던 시절. 별이 되기 위해. 평생을 빛내기 위해.

그녀가 앉아 있던 방바닥은 이제 어둡고 길게 깔린 양탄자에서 붉은 먼지가 가득한 평원으로 이어졌고, 와무군다가 모닥불 속으로 잉걸불을 밀어 넣었다.

"그럼, 박사님은……. 그러니까 전 저처럼 어딘가에서 온 사람들도 있다고 생각해요. 그리고 박사님처럼 아무 데도 아닌 곳에서 온 사람들이 있고요. 둘 다 그만큼 힘이 있다고 생각해요."

그날 밤 모닥불 옆에서 다미라는 아무 의도 없었을 와무군다의 말에 상처받았다. 그곳에서 자신의 자리가 얼마나 약한지 느꼈다. 와무군다는 **여기** 사람이었다. 하지만 그녀는 아니었다. 끝없이 학교에 다니고, 대학에 가서 코끼리에 관해 자세히 배우며 생물학, 생태학을 공부했다. 그것은 마치 키플링이 그려낸 식민지 아프리카처럼, 한때는 백인 유럽인들이 상상하며 불러내는 환상의 장소에 불과했을 뿐 실제로 그 이름이 가리키는 대륙에 포함된 국가들의 복합성이나 사람들, 생태계와는 아무 상관이 없었고 애매모호했다.

그러나 시간이 흐르면서 그 코끼리에는 피와 살이 붙었다. 어린 시절에는 인형, 이야기, 책 속의 그림이었고 학창 시절에는 연구해야 할 해부학이었다가 결국에는 직접 만질 수 있는 동물이 되었다. 그 코끼리는 진짜가 되었다. 코끼리를 부리는 사람이 지켜보는 가운데 직접 그 피부에 손을 얹었을 때 그녀는 더는 외면할 수 없었다. 코끼리들을 만지는 순간, 코끼리들과 함께 지내게 될 거라는 걸 알았다. 환상이 아닌 실제 그들과 함께. 먼저 미얀마에 있는 숲에서 만난 코끼리들의 체중을 재고 구충했다. 그리고 이곳, 케냐에 있는 에와소응기로 강을 가로지르며 혈액과 대변 표본을 채취했다.

그러고 나서, 모든 동료가 죽을 때까지, 그들과 함께 싸웠다. 그 기억들은 잊으려고 노력했지만.

다미라 자신 역시, 죽을 때까지 싸웠다.

다미라가 죽은 건 진실이었기 때문이다. 반쯤 잠에 빠진 채 티무르 삼촌이 읽어주는 이야기를 듣던, 어린 다미라의 방을 기억하는 다미라는 이제 그 아이와 같은 존재가 아니었다. 모닥불 옆에서 사랑했던 동료와 더는 함께할 수 없다는 사실을 걱정하는 이 존재는 절대 다미라가 아니었다. 다미라는 기억 속 그 모닥불이 비추던 붉은 토양 바닥으로부터 10킬로미터 떨어진 캠프에서 살해당했다. 마체테로 난도질당한 다미라는 쌀을 담던 싸구려 비닐 부대에 담겨 케냐 대통령에게 보내졌다.

이 기억 속 존재인 다미라는 오래전 죽은 여자의 유전자 지도에 불과했다. 매머드의 의식체와 신경, 거대한 머리뼈와 감각기관에 꼭 맞도록 접어둔 유전자 지도. 이 다미라는…….

아니, 그녀는 생각했다. 누구든 기억할 수 있으면 진짜다. 기억하는 존재는 살아 있고, 진짜였다. 나는 여기에 있다. 그거면 됐다. 나는 여기, 이 초원 위에 있다. 그리고 어린 나는 여기, 이 방 안에 있다. 그리고 또다시 여기, 와무군다와 함께 모닥불 옆에 있다. 와무군다가 들려준 홍콩 이야기를 아직 잊지 않았다. 그는 어떻게든 내 안에 살아 있다.

나는 변했다. 그건 사실이다. 그리고 내가 변하면서 이 기억들조차 변했다. 하지만 나는 여기에 있다.

그리고 와무군다는 틀렸다. 아무 데도 아닌 곳에서 온 사람은 없다. 우리는 모두 각자의 과거에서 왔다. 각자의 기억 속에서 깨어난 우리는, 충분히 모인 기억 위에 일어서서 그 기억을 발판으로 앞으로 나아가며 상상할 수 있는 미래로 향한다. 우리는 과거로 인해 계속해서 형성되고, 계속해서 그 과거를 재구성한다.

왜냐하면 지금, 다미라가 코끼리 선물을 기억하면서 무언가 이상한 것을 함께 떠올렸기 때문이다. 그 선물은 아마도 그녀가 나고 자란 톰스크에서 멀지 않은 어떤 공장에서 평생 다른 동물들을 복제해내던 얼굴도 모르는 사람들이 만들었을 투박한 것이었다. 싸구려 플러시 천에 유리알을 흉내 낸 플라스틱 검정 눈알 두 개를 붙이고, 속에 채운 내장재가 압축되며 그 모양을 잃기 시작한 하얀 엄니들이 어설프게 붙어 있었다.

그런데 회색은 아니었다. 그건 갈색이었다. 인형 색을 신경 쓰지 않았던 다미라는 거의 눈치채지 못했다. 어차피 분홍 코끼리 인형이나 보라 코끼리 인형도 있었고 선명한 초록색 코끼리 인형도 있었으니 갈색 코끼리라고 이상할 리가 없었다.

그런데 이제야 다미라는 그 연결고리가 보였다. 티무르 삼촌에게 받은 건 전혀 코끼리가 아니었다.

미래를 그려보게 해주었던 첫 번째 물건의 정체는 바로 매머드였다.

그리고 그녀가 되어버린 것도 매머드였다.

그 기억 속 방에서 다미라는 침대에서 일어나 창가로 걸어갔다. 저 멀리서 탁탁거리며 불타오르는 소리가 들렸고 홍콩 이야기를 하는 와무군다의 부드러운 목소리가 들렸다. 어둠 속 더 깊은 곳에서는 아직 죽지 않은 무사가 정찰을 돌고 있었다.

다미라는 창가에 가서 유리창에 손을 갖다 대었다.

창밖으로 내리는 눈발이 가로등 사이로 떨어지고 있었다. 그 거리 아래로 매머드 무리가 작은 반점을 이루었다. 태어난 지 아직 한 달도 되지 않은 새끼 매머드가 어미와 이모 주변을 이리저리 뛰어다녔고 도로 위에 쌓인 눈을 트렁크로 쓸어 공중으로 불어댔다.

매머드들이 거기에 있었다. 그들은 언제나 거기에 있었다. 옛날 옛적에도.

"그들이 아직 저기에 있어요."

스뱌토슬라프가 옆에 서서 말했다. 헤드셋을 쓴 소년은 두 손을 살짝 바깥으로 뻗어 손목과 손가락을 조금씩 움직이며 드론을 제어했다.

"아직 떠나지 않았어요. 벌락 두 대가 뒤집혔고 운전기사들의 시신이 보여요. 블라디미르라고 불리는 남자가 다들 떠나라고 했지만, 아슬라노프 박사라는 남자가……. 저도 모르겠어요. 그 남자는 마지막에 아무 말도 하지 않았어요. 그리고 라이플총을 든 앤서니라는 남자는 우리가 건드리지 않은 벌락 지붕 위로 올라가 서 있어요. 무슨 경비라도 서고 있는 것 같아요."

테메네가 콘스탄틴의 재킷을 잔디 위로 이리저리 끌다가 들어 올리더니 마치 파리들을 쫓아내는 데 얼마나 유용한가 보려는 듯 자기 등 위로 세게 내리쳤다. 보롱곳이라는 새끼 매머드는 콘스탄틴의 라이플총을 트렁크로 툭툭 치다가 도망가기를 반복하며 두려움을 어떤 게임으로 바꿔 즐겼다.

스뱌토슬라프는 어떤 손짓을 하더니 헤드셋을 벗었다. 알렉산더와 초원에서 주운 이어버드를 무릎 위로 조심스럽게 들었다.

그 남자는 도망가려고 하지 않았다. 대신 라이플총을 공중에 발사하고는 기다렸다. 다미라가 멈출 거라고 생각했을까? 그 역시 다미라라는 이름을 불렀다. 바로 전날 밤에 스뱌토슬라프가 그랬듯이. 하지만 이번에 다미라는 콘스탄틴이 총을 집어 던지고 두 손을 들어도 멈추지 않고 달려왔다. 그녀는 돌진하는 속도를 절대 늦추지 않았다.

스뱌토슬라프는 쓰러진 남자가 남긴 것들을 보지 않으려고 애썼다. 풀밭 위에 놓인 재킷, 그가 들고 있던 라이플총과 관자놀이에서 떨어진 알렉산더까지 모두 온전히 남아 있었다. 하지만 몇 분 전까지만 해도 온전했던 그 인간은 이제 없었다.

이어버드는 다른 일행이 달아나다가 떨어뜨린 것이었다. 그걸 새끼 매머드 한 마리가 트렁크로 감아 스뱌토슬라프에게 가져왔다. 그 새끼 매머드는 이제 죽은 남자에게서 몇 미터 되지 않는 곳에 떨어진 라이플총을 탐구하고 있었다. 분명 풀밭에서 이어버드 냄새를 맡았을 것이다. 스뱌토슬라프라면 절대 찾아내지 못했을 것이다.

소년은 손에 든 이어버드를 뒤집어 보았다. 인간의 귓

구멍에 딱 맞도록 휘어진, 반짝이는 검정 조가비 같았다.
다미라가 그 위로 트렁크를 대자, 소년이 그녀를 올려다
보았다.

그리고 거의 물을 뺀했지만, 그러지 않았다.

'왜 나를 살려줬어요?'

15

"넌 지금 그들이 우릴 사냥했다고 말하는 거야? 그들이 벌락을 덮쳤고, 그리고 우리가 사라진 걸 알고는 쫓아와 공격했다고."

"내가 너한테 다 **말해줄** 필요는 없잖아, 앤서니. 무슨 일이 일어났는지 네 눈으로 똑똑히 봤는데. 우리가 나가 있는 동안 그들이 와서 이렇게 해놓은 거야. 우릴 찾아냈고 콘스탄틴을 죽였어. 분명 다시 돌아와서 우리마저 없애버릴 거야." 블라디미르가 말했다. 그는 붉은 벨벳 커튼과 속을 두툼하게 채워 빵빵한 의자가 있고 광을 낸 호두색 패널 벽으로 장식된 벌락 객실 안에 있었다. 황동 촛대와 쪽모이 세공을 한 마루와 투르크멘, 아제르바이잔 스타일 카펫은 그대로 남아 있었다. 테이블 위 하얀 도일리와《매머드가 사는 세상으로 떠나는 여행: 당신을 위한 빙하기 시대 안내서》책도 그대로 있었다.

그러나 천장 위에 네모난 구멍이 뚫려 있었다. 블라디미르는 그 구멍을 통해 곧 비가 내릴 것 같은 어두운 저녁 하늘 위로 구름이 휙휙 지나가는 걸 볼 수 있었다. 앤서니가 지붕 위를 왔다 갔다 할 때마다 덜커덕거리며 장화가 부딪히는 소리가 났다. 햇볕에 타 붉게 달아오른 앤서니의 얼굴이 구름 사이로 나타났다.

"왜? 왜 그랬을까? 말이 안 되잖아."

"나도 모르지. 너야말로 왜 그들을 **쏘려고** 하는 건데? **그것도** 말이 안 되잖아."

"아슬라노프 박사는 어딨지? 이야기 좀 해야겠어."

"그럼 가서 이야기해봐. 아직도 운전석에 앉아서 머리를 감싸고 있어. 이미 내가 대화를 시도했다고. 그는······ 그는 지금 제정신이 아니야."

"완벽한 타이밍이군."

"그의 친구 콘스탄틴이 **죽었다고**, 앤서니. 우리 운전기사들을 포함한 그의 직원 모두가 다 **죽었어.**"

"벼락 키를 찾아야 해. 아마 저기 널브러진 시신 중에 있을 거야."

"가서 찾아봐."

"아니." 앤서니는 네모난 하늘에서 얼굴을 돌리더니 좀 더 먼 곳에서 말했다.

"아니야. 난 계속 지켜봐야 해. 그러니까 디마, 지금 내 손님으로 온 **네가** 찾아야지. 그 반대가 아니라."

블라디미르는 테이블 앞에 앉아 두 손으로 머리를 감쌌다. 앤서니가 누가 모든 비용을 냈는지 상기시킨 건 처음, 생전 처음 있는 일이었다. 수년에 걸친 결혼 생활 동안, 이런 적은 한 번도 없었다. 언제나 평등한 척하며 돈은 누구의 소유도 아니라는 느낌만 주었을 뿐이었다. 돈이란 그저 세상을 이루는 보도나 나무처럼 단순히 **제자리에** 있다는 것이다.

블라디미르 위로 앤서니가 이리저리 걸어 다녔다. 유전석은 완벽하게 고요했다. 블라디미르는 지금 운전석 상황이 어떨지 보지 않아도 알 수 있었다. 작동하지 않는 운전대 앞에서 머리를 감싸고 앉아 있을 아슬라노프 박사의 모습이 눈에 훤했다.

박사 안에 있는 어떤 것이 풀어져버렸다. 그 어떤 것이 무너졌다.

자기 안의 어떤 것도 무너졌다고 그는 생각했다. 그리고 앤서니 안에 있는 어떤 것도 무너졌다. 어쩌면 우리는 한 사람도 빠짐없이 가슴속에 있던 무언가가 무너져 내렸지만, 그 모든 게 원래 그렇다는 듯, 그게 정상이라는 듯 앞으로 나아가고 있는지도 모른다. 마치 머리가 잘린 벌레들이 계속해서 숨기 위해 그림자를 향해 기어가는 것처럼. 우리를 망쳐놓은 그 어떤 것에 따라잡혀 결국 우리가 스스로 멈출 때까지.

블라디미르는 자리에서 일어나 객실과 운전석을 나누는 문을 향해 걸어갔다. 객실 쪽에서 여닫는 문은 19세기 스타일 호두색 나무 패널에 광을 내어 윤이 나고 있었다. 그러나 운전석 쪽 문은 사계절용 검은 표면에 질감을 살린 공업용 금속으로 되어 있었다.

역시나 아슬라노프 박사는 머리를 감싼 채 운전대 앞에 미동 없이 앉아 있었다.

"모두가 죽었어요. 콘스탄틴도 죽었고요. 이제 당신이 여기서 벗어나도록 우릴 도와주지 않으면, 다음 차례는 우리인 것 같습니다."

아슬라노프 박사는 움직이지 않았다.

"당신이 벌여놓은 일이잖소?"

아슬라노프 박사는 그제야 고개를 들어 흥분한 두 눈을 깜박이며 블라디미르를 쳐다보았다.

"그녀는 용납하지 않을 거예요."

"용납하다니, 뭘요?"

"희생이 필요하다는 걸요. 이곳을 운영할 재 지원을 받기 위해서 말이죠. 모스크바가 행복해지고, 그녀와 다른 매머드들이 계속 살아가기 위해서요. 그건 제가 원하는 게 아니에요. 그건 **필요한** 거라고요. 하지만 그녀는 용납하지 않을 겁니다."

"도대체 **누가** 용납하지 않는다는 거요?"

"난 이렇게 될 줄 알았어요. 케냐에서 그녀는 코끼리들을 위해 끝까지 싸웠어요. 그리고 코끼리들을 위해 죽었죠. 그들을 구하기 위해서요. 난 그걸 알면서도 나머지는 생각하지 않았어요. 그 희생은 아무것도 아니라는 듯이 그저 밀고 나갔죠."

"그 나머지요?"

"네. 그 나머지요. 그녀는 죽기 **바로 전날에** 밀렵꾼들의 야영지로 걸어가 텐트를 향해 총을 발사했어요. 자고 있던 밀렵꾼 여섯 명을 죽였죠. 그걸 다 **혼자** 했어요. 그리고 자기 야영지로 돌아가 잠을 청했지요. 난……. 우리가 데려온 건 그녀가 아니었어요. 우리가 데려온 그녀는 아직 밀렵꾼들을 죽이기 전이었어요. 완전히 다른 사람이었죠. 아직 그 지경까지 이르지 않았을 때였다고요. 난 그렇게 생각하지 않았어요…….”

“뭘요?”

“그녀가 **아직** 그 정도로 화가 나지는 않았다고요. 그 순간은 그저 다가오고 있었죠. 그리고 이제, 정말 그 순간이 온 거예요. **지금** 그녀는 분노했어요. 그리고 방아쇠에 손가락을 얹은 채 텐트 밖에 서 있는 거나 마찬가지라고요.”

“누구요? 도대체 누구 이야기를 하는 거요?”

“콘스탄틴이 제게 경고했어요. 그녀가 용납하지 않을 거라고 말했다고요. 그 말을 내가 듣지 않았고요.”

“누구요? **누가** 용납하지 않는다는 거요?”

“다미라요.”

다미라. 백색소음을 뚫고 모기가 윙윙거리듯 작게 들렸던 그 이름. 콘스탄틴이 보낸 마지막 속마음.

그건 경고였다.

16

운전기사 한 명이 매머드가 밀어 쓰러뜨린 벌락 아래에 깔려 죽었다. 블라디미르는 벌락 열쇠가 그 남자의 하반신에 있지 않길 바랐다. 그 열쇠를 찾아 꺼내기 위해 해야 할 수도 있는 행동을 생각하기조차 싫었다.

비명을 지르다 죽은 남자의 머리는 하늘을 향해 꺾여 있었다. 금방 파리 떼가 들끓었다. 그들은 아직 감지 못한 남자의 두 눈 위를 느긋하게 기어다녔다.

'다른 생각을 하자.'

블라디미르는 남자가 입고 있는 코트 주머니를 조심스럽게 뒤졌다. 해가 산 너머로 지고 있었다. 땅거미가 진 산의 그림자에 짙게 드리운 구름까지 더해지자 세상에 남은 빛은 거의 없었다. 그래도 그는 어쨌든 만져보는 느낌으로 계속 찾았다. 어쩌면 차라리 어두운 게 나을 수도 있었다. 이 모든 걸 자세히 들여다보지 않아도 되었기 때문이다.

아무것도 없었다.

두 번째 운전기사는 벌락들과 20미터 정도 떨어진 공터에 쓰러져 있었다. 블라디미르는 짓밟힌 시신을 보지 않으려고 애썼다. 어째서인지 이상하게 훌쩍거리는 소리를 내고 있다는 걸 깨닫고 그만하려고 했다.

'그냥 주머니만 뒤지자. 기계처럼. 다른 걸 생각하든지 차라리 아무 생각도 하지 말자.'

좋아. 블라디미르는 주머니들을 뒤졌다. 그리고, 열쇠꾸러미를 찾았다. 손끝의 느낌으로 알 수 있었다.

운전기사의 신원을 알아볼 수 있는 건 아무것도 남아 있지 않았다.

블라디미르는 잔디 위에 구토하고 입가를 닦았다.

'다른 생각을 해.'

하지만 그 외에는 아무것도 없었다. 그는 계속 찾아보았다.

열쇠고리에서 우리 벌락에 맞는 것 같은 열쇠 하나를

찾았다. 돌아가서 시동을 걸어볼까? 아니면 더 찾아볼까? 매머드들이 돌아오기까지 얼마나 걸릴까?

이제 해는 완전히 졌고 초원 위 풀밭 색은 말로 형용할 수 없었다. 밤하늘을 배경으로 올록볼록한 산등성이가 보였다. 벌락 지붕에서 이리저리 배회하는 앤서니의 실루엣도 보였다.

앤서니는 블라디미르를 보고 있었을까?

'그러니까 디마, 지금 내 손님으로 온 네가 찾아야지. 그 반대가 아니라.'

아니, 앤서니는 블라디미르를 보고 있지 않았다. 그에게는 관심조차 없었다. 앤서니는 지붕 위에서 지평선을 바라보고 있었다. 기다리고 있었다. 매머드들이 돌아오기를 기다리고 있었다.

앤서니가 매미드들이 **돌아오기를 바란다는 걸** 블라디미르는 깨달았다. 앤서니는 매머드들과 마주하기를 바라고 있었다.

세 번째 운전기사는 더 멀리 있었다. 그는 마치 태아처럼 웅크리고 있었다.

거의 아무것도 없는 황량한 벌판에 숨을 데라곤 없었

다. 도망칠 곳도 없었다. 매머드들은 벌락을 향해 돌진해 운전기사들을 겁주어, 그들이 벌락 안에 들어가기도 전에 도망치게 만들었을 것이다. 그게 아니라면…….

그렇다. 땅속으로 짓눌린 축구공이 있었다. 그들은 매머드들이 왔을 때 이미 차에서 벗어나 있었고, 그래서 결국 죽을 운명에 처한 것이다.

블라디미르는 무릎을 꿇었다.

부서지지 않은 뼈가 하나라도 남아 있기는 할까?

이것 역시, 권력이었다. 압도적인 힘. 감당할 수 없는 **무게.**

블라디미르는 속이 메스꺼워지는 걸 느꼈다. 다시 구토하려는 걸 참았다.

그래. 여기 있다. 그는 열쇠 꾸러미를 찾았다. 그러나 한때는 사람이었지만 지금은 끈적거리기만 하는 것 속에서 그 열쇠 꾸러미를 꺼내려는 행동은 차마 말로 할 수 없는 것이었다.

"그녀는 분명 내가 자기를 여기에 내다 버렸다고 생각할 거예요. 하지만 절대 그건 사실이 아니에요. 난 그녀를 매일 생각해요. 그녀 없이는 이곳도 없으니까요. 그녀가 없었다면 이 매머드들이 또 다른 계절을 살아남지 못했을 거예요. 그녀가 우리를 구한 겁니다. 하지만 전 매일 궁금해요. 새로운 몸을 하고 이 초원에 나온 그녀가 과연 **어떤 생각을 할지** 말이에요. 과연 무슨 일을 겪었을지를요. 난 이곳을 위해서라면 뭐라도 할 겁니다. 그녀가 이런 날 이해해줄 수만 있다면……. 그녀에게 말해줄 수 있다면, 이해할 수 있게 할 수만 있다면 좋겠어요. 그런데 이제 그럴 수 있는 상황인지도 모르겠어요. 매머드로 산 지 이미 몇 년이나 지났어요. 그녀에게 과연 인간적인 부분이 얼마나 남아 있을까요?" 아슬라노프 박사가 말했다.

블라디미르는 열쇠에 묻은 피를 풀에 닦아내어 무슨 색인지 모를 식물에 핏자국을 남겼다. 그는 자신이 지금까지 한 일을 멀리 밀어내, 마치 다른 누군가 대신 했던 것처럼 생각했다. 그는 아슬라노프 박사가 계속 이야기하는 '다미라'가 누구인지 몰랐다. 공원 관리인이라고? 저 박사는 아무래도 제정신이 아닌 게 분명했다.

'새로운 몸을 하고.'

말도 안 되는 이야기였다.

블라디미르는 고대 요새의 장벽을 지키는 경비병처럼

서성거리는 앤서니를 올려다보았다. 매머드들과의 전투를 기다리는, 원하는 앤서니. 아니, 앤서니에겐 그 전투가 필요했다.

결국 그가 낸 상상도 할 수 없는 요금은 되돌려받을 수 없을 것이고, 앤서니는 아직 원하는 걸 얻지 못했다. 자신이 돈을 주고 산 생명을 아직 취하지 못했다.

'그녀에게 과연 인간적인 부분이 얼마나 남아 있을까요?'

"어쨌든 이런 곳에서 인류애가 무슨 소용이 있겠습니까?" 블라디미르는 아슬라노프 박사에게 묻지는 않았다. 대신 지금, 허공에 대고 물었다.

"그런 것이 무슨 소용이 있을까요?"

<h1 style="text-align:center">17</h1>

블라디미르는 벌락 지붕 위에서 앤서니가 부는 휘파람 소리를 들었다.

"그들이 오고 있어!"

바로 몸을 돌려보았지만, 블라디미르가 있는 자리에서는 잘 보이지 않았다. 얼른 뛰어 차 안으로 들어갔다.

아슬라노프 박사는 여전히 운전석에 앉아 두 팔에 머리를 파묻고 있었다. 블라디미르와 대화를 나누는 동안 감정을 짧게나마 분출할 수 있었지만, 이제 그는 다시 낙담한 상태로 돌아갔다.

블라디미르가 박사의 손에 열쇠 꾸러미를 쥐여주며 말했다.

"운전기사 두 명에게서 찾아낸 열쇠들이에요. 마지막

꾸러미는 찾지 못할 것 같군요. 이걸로 해봐요. 제발 시동이 걸리길 바랍시다."

운전석에서 나온 블라디미르는 벌락 뒤쪽으로 뛰어갔다. 지붕으로 오르는 사다리를 타는 동안 심장이 터질 것만 같았다. 그러나 그는 완벽하게 차분했다.

모든 게 잘되리라는 생각 끝에 따라온 차분함은 아니었다. 오히려 다른 이유에서였다. 어떤 체념 같은 것. 모든 게 잘 풀리지는 않을 것이다. 그것마저도 받아들일 순 있었다. 그러나 뭔가는 변화해야 했다.

앤서니는 라이플총을 들고 서서 조준경을 통해 사정거리를 보고 있었다. 한층 두꺼워진 구름이 산 위로 얼룩지며 그날의 마지막 빛을 덮었다. 이제 거의 완벽하게 어두웠다. 땅에 남은 빛으로는 자세히 볼 수가 없었다. 그저 늦은 황혼으로 붉게 물든 색들 사이로 형태만 보일 뿐이었다.

블라디미르는 라이플의 총열 끝을 눈으로 따라갔다. 높은 평원을 넘어오는 그들이 보였다. 마치 땅속에서 나타나는 것처럼 보였다. 땅과 같은 색을 한 그들은 커다란 흙덩이처럼 뭉쳐 있었다. 마치 땅이 부풀어 오르고 찢어지며 그들을 낳는 것 같았다.

깜깜한 어둠 속에서 하얀 엄니는 매우 돋보였다. 어찌나 새하얀지, 색이 빠진 세상에서 마치 스스로 빛을 내는 것 같았다. 몸의 나머지 부분과 분리된 것처럼 보였으며 유령 같은 힘으로 땅 위에서 흔들렸다.

그는 며칠 전 자신이 했던 말을 기억했다. 매머드들을 직접 본 적이 없는 세상에서 한 말이었다.

'여기 이 어둠 속 어딘가에는 매머드들이 있어. 매머드들이 돌아다니고 있다고. 신만이 모든 걸 알고 있겠지. 우리는 뭐든 가능한 세상에 살고 있잖아.'

방아쇠에 얹은 앤서니의 손가락이 바짝 긴장하는 게 보였다.

"앤서니, 이러지 마."

"그들이 널 해치게 두지 않을 거야, 디마."

"안트, 내 말을 들었으면 좋겠어."

"지금이야. 각이 나왔어."

"안트, 만약 그 방아쇠를 당기면, 난 널 사랑하지 않을 거야. 무슨 말인지 이해해? 널 그만 사랑할 거라고. 난 그런 사람이랑은 함께할 수……."

그러나 방아쇠는 이미 딸깍하는 소리를 냈다. 딸깍, 그리고…… 아무 일도 일어나지 않았다.

앤서니는 라이플총을 내리고는 노려보았다. 볼트를 열었다가 닫고 다시 들어 자세를 취했다.

"안트! 그만해!"

딸깍.

아무 일도 일어나지 않았다. 앤서니는 다시 총을 내리고 자신의 손에 들린 무기를 노려보았다.

"내 총을 쓰지 못하게 하더니, 이 총에 무슨 장치를 해 둔 게 틀림없어……."

둘은 발아래의 벌락이 드르릉드르릉하고 진동하며 시동이 걸리는 걸 느꼈다.

이제 풀밭을 달려오는 발소리를 들을 수 있을 정도로 매머드들이 가까워졌다.

"이건 말도 안 돼. 내가……." 앤서니가 무릎을 꿇으며 말했다.

"내가 우리를 보호할 수 없다니. 널 보호할 수 없다니."

"이건 날 보호하고 말고의 문제가 아니야."

매머드들이 천천히 움직였다. 몇백 미터, 50미터, 그리고 30미터 떨어진 곳까지 다가왔다. 그리고, 멈추어 섰다.

그때 블라디미르는 인간 형상을 보았다. 다미라구나. 그녀가 매머드 무리에서 앞으로 걸어 나왔다.

아니, 여자가 아니었다. 소년이었다. 기껏해야 열대여섯 살 되어 보이는 소년이었다. 어깨에 라이플총을 메고 있었다. 소년은 앞으로 와서 서더니 한 매머드 옆으로 이동했다. 무리를 이끌고 오던 매머드였다.

"아슬라노프 박사님? 차 시동은 끄세요." 소년이 말했다.

벌락은 몸서리를 치더니 조용해졌다.

소년은 총을 풀어 땅 위에 내려놓았다.

"거기서 나오세요, 아슬라노프 박사님." 그러고는 다시 영어로 말했다. "그리고 거기 두 명도 나와요."

세 명 모두 진흙투성이 잔디 위에 서자 소년은 말을 이었다.

"여러분께 전할 메시지가 있어요. 이제 살해는 없어요. 사냥도 없고요. 더는 없는 거예요. 다른 방법을 찾으세요. 여기 동물들에게서 빼앗지 말고요. 그들은 당신들이 마음대로 뺏으라고 존재하는 게 아니니까요. 이해하겠어요?”

침묵이 오래 흘렀다. 아슬라노프 박사가 말했다. “다른 이들이 올 거야.”

“아니요. 그러지 않을 거예요. 왜냐하면 박사님이 이 멍청한 전리품 사냥꾼들을 데리고 돌아갈 테니까요. 그리고 이곳을 보호할 더 나은 방법을 찾을 테니까요. 당신이 모스크바로 돌아가 더 나은 방법이 나오도록 뭐라도 할 테니까요.”

“만약 못 찾으면?”

소년은 검은색 알렉산더 이어버드 한쪽을 아슬라노프 박사에게 건넸다. 아슬라노프 박사는 머뭇거리더니 결국 받아 자기 귀에 꽂았다.

소년은 몸을 늘려 나머지 이어버드를 옆에 있던 매머드의 관자놀이를 향해 들었다. 아주 높이 들어야 했다. 매머드는 고개를 숙여 그를 도와주었다. 소년은 기기를 매머드의 관자놀이에 눌러 붙였다.

그때 블라디미르는 깨달았다. 콘스탄틴이 착용하고 있던 알렉산더였다.

그리고 이제 이해했다.

'새로운 몸을 하고.'

이건 그녀였다. 매머드. **이 매머드**가 다미라였다.

몇 분 정도 지났을까, 아슬라노프 박사는 고개를 숙이고 서서 한쪽 손바닥으로 옆머리를 누르며 듣고 있었다.

그리고 다미라가 고개를 젓자, 소년은 그 관자놀이에서 알렉산더를 뺐다. 소년은 돌아서서 나머지 매머드들에게 걸어갔다. 그들도 모두 몸을 돌려 천천히 움직였다. 몇 마리는 새끼들이었다. 무슨 일인지 궁금한지 어미들을 따라가기 전에 머뭇거리며 트렁크를 들어 올려 새로운 인간 냄새를 들이마셨다.

다미라는 앞으로 한 걸음 나아갔다. 소년이 풀밭 위에 내려놓은 라이플총 위로 발을 내디뎠다.

블라디미르는 총이 으스러지는 소리를 들었다.

다미라는 떠나기 위해 뒤를 돌았다.

"다미라!" 아슬라노프 박사가 불렀다.

그녀는 멈추었다. 블라디미르는 아슬라노프 박사가 앞으로 걸어가 다미라를 향해 손을 뻗는 걸 지켜보았다.

다미라는 뒤를 돌았다. 어찌나 가깝게 있는지 블라디미르는 다미라의 반짝거리는 눈동자 안에 비치는 황혼빛

마저도 볼 수 있었다. 다미라의 한쪽 엄니 끝이 부러진 게 눈에 들어왔다. 부러진 지 얼마 되지 않은 상처였다. 새하얀 엄니 단면이 어둠 속에서 달처럼 눈에 띄었다.

"내가 노력할게요." 아슬라노프 박사가 말했다.

다미라는 대답이라도 하듯 트렁크로 부러진 라이플총을 들어 박사의 발치에 던졌다. 그러고는 다시 뒤를 돌아 무리를 따라갔다.

긴 침묵이 흐르다가 앤서니가 입을 열었다.

"저 매머드를 쏘려고 했는데. 이 라이플총이 말을 안 듣더군요."

"그게 아니에요. 이 라이플총은 그녀를 알아보도록 설계되었어요. 안전장치지요. 라이플총은 절대 그녀를 쏘지 않을 겁니다. 다른 암컷들도요. 콘스탄틴의 아이디어였어요. 그 친구는 언제나 나보다 현명했죠. 그리고 나보다 사람들을 덜 믿었고요."

"결국 같은 이야기죠." 블라디미르가 말했다.

그리고 앤서니의 옆얼굴을 보았다. 앤서니가 매머드를 한 마리도 죽이지 못했을 거라는 사실은 아무 상관없었다. 그러고 싶었다는 걸로 충분했다. 마지막 순간까지 그러고 싶었다니.

방아쇠를 당겼을 때, 비록 아무것도 죽이지 않고 고요하게 끝났지만, 그 딸깍하는 소리로 둘 사이의 모든 관계가 끝났다. 더는 앤서니에게서 아무것도 느낄 수 없었다. 마치, 그 공허한 딸깍 소리에 블라디미르는 꿈에서 깨어났고 둘이 지금까지 함께한 세월은 사라진 것 같았다. 이 남자를 향한 블라디미르의 온 마음은 지워졌다. 이제 앤서니의 얼굴은 길에서 마주치는 이방인의 얼굴만큼이나 아무 의미 없었다.

이 여행이 끝나도 둘은 함께 집으로 들어가지 않을 것이다. 절대. 블라디미르는 함께 살던 집을 지나쳐 더 나아갈 것이다. 계속 나아갈 것이다.

"그녀가 뭐라고 하던가요?" 블라디미르는 아슬라노프 박사에게 물었다.

"잡음이 너무 심했어요. 단어 몇 개가 들렸는데…… 가끔 우리 인간이 쓰는 단어들이 흩어져 다른 소리나 내가 이해할 수 없는 패턴으로 변하곤 했어요. 그러니까…… 진동 소리나, 부르는 소리 같은 게 들렸고요……. 어쨌든 마지막에 잡음이 조금 잦아들었을 때 마지막 문장을 알

아들을 수 있었어요. 다미라는 '우리의 날이 올 거라고'
말했어요."

18

그해 첫눈에는 냄새가 배어 있었다. 영구동토층 위로 쌓인 서리에 닿은 풀밭이 초원의 마지막 여름 향기를 달콤하게 내뿜는 것 같았다.

회색빛 하늘 아래로 젖은 눈송이들이 산봉우리 근처에 노란 띠를 두르며 무겁게 내렸다.

그들은 밤새 조용히 이동했다. 다미라는 매머드들이 무슨 일이 일어났는지 이해했을까 궁금했다. 그들 사이에 있으면 언제나 소외감을 느끼곤 했다. 다미라는 그들에게 뭘 가르쳐야 하는지는 알고 있다고 생각했으나 그들의 의식체까지, 이해력까지는 알지 못했다. 매머드들은 다미라와 같은 생각과 그렇지 않은 생각들로 끊임없이 다미라를 놀라게 했다.

그런데 최근에는 그런 공백이 좁아졌다. 이제 다미라는 매머드들이 말없이 하는 생각들, 문장이라기보다 모양에 가까운 생각들을 좀 더 쉽게 추측할 수 있다고 느꼈다. 그녀는 매머드들이 어둠을 뚫고 터벅터벅 걸을 때, 마치 혈관 속 피가 진동하듯 자신이 이끄는 부족의 **상태**를 직감했다. 지치거나 두렵거나 슬프거나 혼란스러워하고 있었다.

매머드들은 손쉽게 생명을 죽일 수 있었으나, 본래 그들의 성향과는 맞지 않는 일이었다. 그들은 평화주의적인 동물이었다. 그들은 누군가를, 그것도 계속해서 죽이라고 하다가 이제는 또 그만 죽이라고 하는 이유를 알지 못했다. 매머드들은 언제나 그랬듯이, 모계를 따르는 습성에 따라 다미라를 따랐다. 다미라가 숨을 거두기 전까지 이끄는 대로 따라갈 것이다. 다미라는 매머드들이 사람을 죽이도록 이끌었다. 그들은 이해하지 못했고 그 행위로 상처받으며 두려워했다. 다미라 역시 그게 마지막이길 바랐다. 스스로도 다시는 할 수 없는 일이라고 생각했다.

밤새 이동하는 동안 다미라는 현재에서 벗어나는 느낌

을 받았다.

그리고 다시 톰스크에 있는 집으로 돌아가 엄마와 함께 밥과 생선 요리를 먹고 있었다.

둘은 주방에 있는 테이블을 사이에 두고 마주 보며 스툴에 앉아 조용히 먹었다. 밖은 엄동설한이었으나 실내는 답답하고 지나치게 더웠으며 지구에서 가장 넓은 숲 속 한가운데에 앉아 있음에도 폐소공포증에 걸릴 것처럼 답답했다.

다미라는 모스크바에 있는 대학교에서 막 집으로 돌아온 참이었다. 며칠 동안 기차를 타고 왔다. 그녀가 그나마 살 수 있던 가장 저렴한 기차 좌석은 씻지 않은 몸에서 나는 악취와 술 냄새와 싸구려 음식 냄새와 담배 냄새와 화학물질과 화장실에서 나는 지린내가 섞인 화물칸이었다.

다미라는 몇 달 동안 떨어져 있던 엄마가 너무 그리워 이 모든 걸 감내했다. 하지만 막상 집에 오니 엄마와 딱히 나눌 이야기가 없다는 걸 깨달았다.

다미라의 엄마는 기차역까지 마중 나왔다. 녹아버린 눈웅덩이에 가로등 불빛이 휘어진 모양으로 비쳤다. 둘은 누런 가로등 아래 더럽게 쌓인 눈 더미로 좁아진 길을 따라 느릿느릿 움직이는 버스를 타고 집으로 돌아왔다.

엄마는 다미라에게 학교에서 배우는 생물학 수업은 어떤지, 다른 친구들은 어떤지 물었다. 그러나 다미라가 하는 대답에 귀를 기울이는 것 같지는 않았다.

시간이 조금 지나서야 다미라는 무엇이 잘못되었는지를 깨달았다. 엄마는 다미라의 이야기를 듣지 않는 게 아니었다. 다미라의 이야기를 전혀 **이해하지 못한 것이다.** 엄마는 대학도, 모스크바에도 가본 적이 없었기 때문에 할 수 있는 대답이 없었다.

다미라의 엄마는 아무 데도 가본 적이 없었다. 9학년을 끝으로 학교를 졸업하고 바로 요리사가 되기 위해 기술학교에 들어갔다. 그러나 그 일도 잘 풀리지 않자, 그녀는 시장에 나가 생선을 내다 팔기 시작했다. 그렇게 수십 년을 살아왔다. 엄마가 마지막으로 톰스크를 떠난 게 언제였을까? 다미라는 알지 못했다.

다미라는 엄마의 손을 바라보았다. 식기를 움켜쥔 손이 붉게 터 있었다. 변한 건 엄마가 아니었다. 그러니 다미라가 변한 것이 분명하다.

지난번 집에 돌아왔을 때 다미라에게는 철저히 자기

자신뿐이었다. 그러나 지금은 자아가 둘로 나뉜 것 같았다. 엄마 곁에서 조용히 앉아 음식을 먹고 있는 자신. 그리고 **둘이 먹는 모습을 보고 있는** 또 다른 자신. 마치 자기 삶에서 한 걸음 밖으로 나와 있는 것 같았다.

그녀는 처음으로 그 낯선 위치에서 엄마를 바라보는 것 같다고 느꼈다. 엄마는 그저 왜소하고 어두운 머리카락을 가진 생선 장수였고, 험한 일을 하는 두 손은 붓고 붉게 터 있었다. 잘 웃지 않고 농담도 잘 하지 않았다. 가끔 신문을 흘깃거리기는 했으나 제대로 읽지는 않았다. 새벽 시장에 나가야 했기 때문에 언제나 일찍 잠자리에 들었다. 딸에게는 절대 알려주지 않는 어떤 남자에게 버림받았다. 단 한 번도 딸아이가 무슨 생각을 하는지, 혹은 그것을 알고 싶어 해야 한다는 것도 모른 채 원하는 대로 해주며 홀로 키워냈다.

다미라는 빈 그릇 바닥을 포크로 긁으면서 그 이유를 이해했다. 그건 교육에 따른 효과였다. 다미라는 이제 모든 걸 **바라보고** 있었다. 모든 걸 **분석했다.** 모든 걸 처리했다. 더는 **이전과 같은 삶**, 그저 유일한 방법일 뿐이었던 삶을 살고 있지 않았다. 물론 지금은 다른 방법이 있다.

그녀는 이 답답한 집 안에 갇혀 있기를 그만두었다. 그렇게 자기 삶 안에 갇혀 있기를 그만두었으나 동시에 자기 삶을 분석하지 않고는 살아갈 수가 없었다. 그 안을 들여다보기 위해 모든 걸 떼어내보지 않고서는 살아갈 수가 없었다.

교육을 받은 다미라는 변했다. 더는 그대로 있을 수가 없었다.

그래서 이곳에 있는 자신과 그 자신을 바라보고 있는 다른 자신을 동시에 느낀 것이다. 둘 다 그녀였으나 이곳에 있는 자신은 천천히 사라지더니 또 다른 자신으로 대체되었다.

톰스크에서의 삶은 끝났다. 그리고 다미라는 다시는 이곳에 돌아오지 않을 걸, 그리고 다시는 엄마를 보지 못할 거라는 걸 알았다.

엄마가 고개를 들어 말했다.

"변한 것 같구나. 그렇지만 친구들도 생겼다니 다행이야."

"다음엔 엄마가 모스크바로 와요."

그러나 다미라는 엄마가 절대 모스크바까지 오지 않을

걸 알았다. 그녀가 실제로 의미한 건 **다시는 집에 오지 않겠다는** 거였다.

그러자 엄마는 이상하다는 듯 딸을 바라보았다. 다미라는 당시에는 그 표정을 이해하지 못했다. 나중에야 그 표정이, 한 번도 제대로 알지 못했던 딸아이를 영영 잃어버렸다는 걸 깨달은 엄마의 표정이라는 걸 알아차렸다.

"그러면 정말 좋겠구나."

물론, 엄마는 절대 오지 않았다. 그리고 다미라도 다시는 톰스크에 오지 않았다. 그때부터 둘은 서로 공유할 수 없는 세상의 표면적인 내용만을 건드리며 겉도는 짧은 통화로만 안부를 전했다.

별로 괴롭지 않은 대화들이었다. 서로 아무것도 공감하지 못했다는 걸 시인하는 만큼 대화를 끝내는 데 그만큼 감정을 쏟아야 했다. 차라리 계속 대화를 이어가는 데는 그럴 필요가 없었다.

다미라의 엄마는 딸아이를 밀어냈다가 거리를 두고 평생 아이를 억누르고 망가뜨릴 게 아무것도 없도록 해줘야 한다는 사실을 이해했다. 그렇게 딸아이를 향한 사랑을 표현해야 했다.

다미라의 엄마는 인간 다미라보다 더 오래 살았지만, 지금은 세상을 떠난 지 수십 년이 지났다.

기억은 다른 기억 고리로 연결되었다. 이제 티무르 삼촌과 함께 방에 있었다. 창을 때리는 눈송이와 오래된 나무 집 사이사이로 휘파람을 불고 신음하는 바람 소리를 모두 느꼈다.

매머드 의식체는 과거로 완벽하게 돌아갈 수 있게 해주었다. 그러나 지금 다미라는 뭔가가 변하기 시작했다는 걸 알았다. 티무르 삼촌의 따스한 목소리 뒤로 매머드들이 어두운 바깥을 걸어가는 소리를 들었다. 다미라는 그때 자리에서 일어나 창가로 가도 가로등이나 집들이 보이지 않을 거라는 걸 알았다. 그저 끝없이 펼쳐진 눈 덮인 초원 위로 자신이 이끄는 매머드 떼가 이동하는 모습만이 보일 거라는 걸 알았다. 땅을 꾹꾹 누르는 발걸음으로, 얼어버린 잔디가 드러나도록 눈을 밀어냈다가 잠시 멈추었다가를 반복하는, 끝없는 패턴으로 이동하는 매머드 떼.

그리고 그녀는 티무르 삼촌의 이야기를 잊어버리기 시작했다. 가끔 그 이야기는 단어들이 아닌 소리일 뿐이었다. 다른 매머드가 몸을 밀어붙이며 그녀를 아낀다고 전하던 울림처럼 소리의 흐름이 이어졌다.

다미라는 그 벽들이 곧 희미해질 거라는 걸 알았다. 창문은 무無로 사라질 것이다. 집은 어둠 속으로 소멸할 것이다. 그리고 침대, 벽에 걸린 양탄자, 벽지에 그려진 이파리들과 삼촌의 목소리마저도.

그저 쌓인 눈과 끝없이 이동하는 무리, 땅속에서부터 그녀의 뼛속까지 울리는 동료 매머드의 따스함만이 남을 것이다.

이제 다미라는 다른 곳이 아닌 이곳에서 그들과 함께 살아갈 것이다. 그들은 다미라를 알고, 다미라도 그들을 알게 될 것이다.

"제가 오두막을 지을게요." 옆에서 따라 걷던 소년이 이야기하고 있었다.

"제가 여기서 겨울을 날 수 있어요, 당신 옆에서요. 그들이 돌아와도 제가 도와줄 수 있어요. 우린 같이 이겨낼 거예요."

소년은 너무도 연약하고 쉽게 부러질 수 있었으므로, 다미라는 부드럽게 고개를 숙여 소년을 밀어냈다.

처음에 소년은 이해하지 못했다. 다미라는 여러 번 소년을 밀어냈고 몇 번은 험하게 밀치기도 했다. 소년은 그래도 오랫동안 다미라를 부르며 무리를 뒤따랐다. 한때 그녀 것이었으나 이제는 사라져버린 그 이름을 부르며.

다미라는 대답하지 않았다.

소년이 무리에 다시 끼려고 하자, 다른 매머드들이 차례로 소년을 밀어냈다.

소년은 소리를 지르고 발을 굴렀다. 며칠 동안을 멀리 떨어진 채 무리를 따라갔다.

그러나 결국 몇 해 전 여름 코욘이 그랬던 것처럼 소년도 무리에서 떨어져 자기만의 길을 떠났다. 그 체취가 바람을 타고도 매머드 무리에 닿지 않을 때까지.

감사의 말

이 이야기는 허구이다. 이 소설에 그려진 모든 등장인물, 기관명, 그리고 사건들은 작가가 상상한 결과물이거나 허구적으로 쓰였다. 그런데 또 다른 사실이 존재한다. 이 소설은 코끼리를 밀렵하고 상아를 거래하는 못난 현실과 얽혀 있다는 것이다.

나는 주호찌민 미국 영사관에서 환경, 과학, 기술, 보건 담당관으로 근무하면서 이런 충격적인 거래를 일부 목격했다. 여러 국제단체가 아프리카에서 살해된 코끼리와 코뿔소에게서 불법으로 뽑아가는 상아와 뿔을 가로채고 압수하기 위해 할 수 있는 모든 일을 하고 있었다. 그러나 나는 전문가가 아니었고 그저 지나가듯 훑어본 걸로는 충분하지 않았다. 실제로 이 세상에서 일어나는 다른 일들과 같이 나는 세부적인 부분들을 확실히 이해해야 한다는 책임감을 느꼈다. 나는 현존하는 코끼리 밀렵 실태와 관련한 여러 문서와 책들, 기사들을 이곳에 모두 나열할 수도 없이 두루 섭렵했다.

혹시 이런 주제에 관심이 많은 이들을 위해, 케스 힐먼 스미스와 호세 칼퍼스, 루이스 아란스가 편집하고 누리아 오르테가가 삽화를 그린 《가람바: 평화와 전쟁으로부터의 보존Garamba: Conservation in Peace&War》이라는 책을 추천한다. 보존을 지지하는 수많은 목소리를 모아 엮은 훌륭한 책이다. 이 책이 아니었다면 내 이야기를 이루는 많은 디테일을 바르게 이해하고 표현하지 못했을 것이다. 무엇보다도 나는 무의미한 죽음에 대항하고 코끼리와 코뿔소를 보호하기 위해 맞서 싸우는 공원 관리인들과 과학자들에게 깊은 존경을 표한다. 그들의 용기는 우리가 인간으로서 최선의 모습일 때 어떤 존재가 될 수 있는지를 보여준다. 공감할 줄 알고, 용감하며, 우리만큼이나 이 지구에 대한 권리를 가진 동물들을 보호하는 수호자로서의 인간 말이다.

코끼리에 관한 책을 읽을 때는 가끔 행복을 느끼기도

했다. 이 연구의 가장 좋은 점 중 하나는 세상을 바라보는 완전히 새로운 관점을 열어주는 것이었다. 특히 제프리 무사예프 매슨과 수전 맥카시가 저술한《코끼리가 울 때When Elephants Weep》라는 책을 통해 코끼리들이 얼마나 감각적이고 감정적인 삶을 사는지 알 수 있었고, 해나 뭄비의《코끼리들의 비밀스러운 삶: 거대 동물들의 탄생, 죽음, 그리고 가족The Secret Lives of Elephants: Birth, Death and Family in the World of the Giants》은 학살당하는 코끼리를 외면하지 않는 동시에 그들의 경이로움을 동시에 다루어 마음을 깊이 울리고 좋은 아이디어가 떠오르게 해주는 책이었다.

진화론과 멸종 생물 복원에 관한 세부적인 것들은 M. R. 오코너가 저술한《부활 과학: 보존, 멸종 생물 복원과 야생동물의 위태로운 미래Resurrection Science: Conservation, De-Extinction and the Precarious Future of Wild Things》라는 훌륭한 책과 베스 샤피로가 저술한《매머드를 복제하는 법: 멸종 생물 복원 과학How to Clone a Mammoth: The Science of De-Extinction》의 도움을 많이 받았다. 또한 이바 야블롱카와 마리온 J. 램의 연구 활동, 특히《역사의 유전적, 후성적, 행동적, 상징적 변이의 사차원적인 진화Evolution in Four Dimensions: Genetic,

Epigenetic, Behavioral, and Symbolic Variation in the History of Life》라는 책
으로 나만의 복잡한 진화 개념 기준을 세울 수 있었다. 나
는 지난 몇 년간 기호학 관련 도서를 폭넓게 읽으면서 의
미를 구체화하는 개념에 영감을 받았는데, 그중에서도
조지 라코프가 쓴《여자, 불, 그리고 위험한 것들Women,
Fire, and Dangerous Things》에서 많은 걸 배웠다. 이 책은 생물기
호학을 핵심적으로 다루고 있으나 그 기초부터 알고 싶
다면, 제스퍼 호프마이어가 쓴《우주에서 보내는 의미 있
는 상징들Signs of Meaning in the Universe》를 강력히 추천한다.

책은 작가 혼자서 만드는 것이 아니다. 나는 훌륭하고
재능이 넘치는 내 에이전트 세스 피시맨과 더불어 이 책
을 세상에 나오게 도와준 모든 이들에게 은혜를 입었다.
완벽한 편집자 리 해리스와 이 이야기를 비롯한 여러 이
야기들을 독자들에게 전달하는 데 크게 이바지한 토르닷
컴 출판사의 아이린 갤로에게 감사의 말을 전한다. 몇 개
월에 걸쳐 나를 쫓아다니느라 고생한 보조 편집자 맷 루
신 덕에 나는 모든 걸 제 시간 안에 제대로 제출할 수 있
었다. 정말 감사하다. 또한 멋진 책 표지를 제작해준 페
이스아웃 스튜디오와 크리스틴 폴쳐에게도 감사를 표한

다. 물론 책 표지만으로 그 책을 판단할 수는 없지만, 멋진 책 표지는 독자들이 새로운 세계로 들어갈 수 있는 아름다운 문과도 같다. 홍보 담당자 캐로 퍼니, 마케팅 담당자 샘 프라이드랜더와 마이클 더딩, 제작 편집 담당자 메건 키두, 생산 관리 책임자 재클린 휴버로드리게즈, 디자이너 그렉 콜린스, 교열 담당자 라니 마이어(교열 담당자들은 정말이지, 작가의 절친한 친구임이 틀림없다. 믿어주시길), 또 교정 담당자 샤나 햄튼과 아만다 홍에게도 깊은 사의를 전한다.

《아시모프 SF 매거진》에 실린 내 첫 사변소설을 출판해준 실라 윌리엄스와 《바닷속의 산》으로 내게 기회를 주고, 이 책을 만들어주고 모든 걸 가능하게 해준 MCD x FSG의 션 맥도널드에게도 지속해서 감사하는 마음을 갖고 있다.

글을 쓰고 새로운 이야기를 세상에 내놓는 걸 무척 사랑하지만, 내 인생에서 가장 중요한 부분은 아니다. 그 부분은 내 가족이 차지하고 있기 때문이다. 내 아내 안야, 우리 딸 리디아가 없이 이 모든 건 아무런 의미가 없다.

터스크

초판 1쇄 인쇄 2026년 2월 9일
초판 1쇄 발행 2026년 2월 26일

지은이 레이 네일러
옮긴이 김항나
펴낸이 최순영

출판2 본부장 박태근
스토리 팀장 김소연
편집 김해지
디자인 윤정아

펴낸곳 ㈜위즈덤하우스 **출판등록** 2000년 5월 23일 제13-1071호
주소 서울특별시 마포구 양화로 19 합정오피스빌딩 17층
전화 02) 2179-5600 **홈페이지** www.wisdomhouse.co.kr

ISBN 979-11-7591-035-5 03840